世界著名少儿 ◆ 科幻故事系列丛书

穿越时空的飞行

高 帆 主编

吉林人民出版社

图书在版编目(CIP)数据

穿越时空的飞行 / 高帆主编 . -- 长春 : 吉林人民
出版社, 2012.4
(世界著名少儿科幻故事系列丛书)
ISBN 978-7-206-08839-1

Ⅰ.①穿⋯ Ⅱ.①高⋯ Ⅲ.①儿童故事－作品集－世
界 Ⅳ.①I18

中国版本图书馆 CIP 数据核字(2012)第 077275 号

穿越时空的飞行
CHUANYUE SHIKONG DE FEIXING

主　编:高　帆
责任编辑:张文君　　　　　　　封面设计:七　洱
吉林人民出版社出版 发行(长春市人民大街7548号　邮政编码:130022)
印　刷:北京市一鑫印务有限公司
开　本:670mm×950mm　　　1/16
印　张:12.75　　　　　　　字　数:150千字
标准书号:ISBN 978-7-206-08839-1
版　次:2012年7月第1版　　印　次:2021年8月第2次印刷
定　价:45.00元

前　言

　　今天，世界已进入了一个科学技术不断飞速发展的新时期。成长中的少年儿童作为未来世界的主人，更以非凡的热情关注着时代的发展，关注着灿烂的明天。对于正处在蓬勃、向上最好幻想的少年儿童来讲，科幻小说既能满足他们阅读生动故事的兴趣，极大地启发和引导他们的想象力，又能满足他们探索奥秘以及富有英雄主义精神的追求不平凡光辉业绩的心理，从而使他们在津津有味的阅读中，增长知识，培养科学精神，并进一步激发他们探索科学奥秘的热情，燃起他们变美好的幻想为现实的强烈愿望。因而在阅读中，也必然对科学幻想性作品有一种如饥似渴的需求。为了满足少年儿童的需要，我们编选了这套"世界著名少儿科幻故事"系列丛书。

　　科幻小说即使从被普遍认为是世界第一篇的玛丽·雪莱的《弗兰肯斯坦》算起，至今也已经历了180年的发展历史，积累的作品浩如烟海，尽管以"优秀""著名"来加以限定，可选读的作品仍是琳琅满目，美不胜收。我们根据少年儿童的阅读心理、审美趣味和接受能力，从灿若繁星的中外科幻名著中选择了120余篇(部)，为方便阅读，大体按题材、内容分编为8册，即《割掉鼻子的大象》《宇宙飞船历险记》《外星人来到地球上》《头颅复活了》《机器人逃亡了》《穿越时空的飞行》《神秘的魔影》

《不死国》。

　　每个分册作品的顺序，大致按地区和作品产生的年代排列。先欧洲，以英、法为首，这是因为不仅公认的第一部科幻作品《弗兰肯斯坦》产生在英国，而且被誉为科幻之父的凡尔纳以及其后另一派科幻创始人威尔斯，也分别为法国和英国作家，这样排列自然也就适应了按年代排列的要求。次为美洲，这些以被誉为科学奇才的阿西莫夫为代表的科幻作家们，开辟了世界科幻创作的新的黄金时代。再次为亚洲，中国排在最后。中外两个部分，中国本可以在前，也可以在后。排在最后，既标志了中国在亚洲的归属，也从时间上自然标志了中国现代科幻著名作家、作品的产生晚于欧美。

　　对所选的作品，两三万字以内的全文编入，而三万字以上的则采取缩写的办法，编成一个保持了原作概貌的故事。这既是因受篇幅的限制而采取的措施，也是针对少儿读者这一特定对象的欣赏习惯而确定的一个原则：向他们介绍一个有趣的科学幻想故事，只突出其故事本身的魅力，并不强调原作作为小说的风采。毫无疑问，译者的劳动为我们的缩写提供了方便条件，我们充分尊重翻译家们的劳动，并对他们致以深深的谢意。但还要说明的是，有些篇参照了不同的译本，有些对原译文字进行了较大改动，为了本书格式的统一，缩写稿的原译者就一律未予注明，在这里也一并表示歉意！

　　为了编好这套书，着手之初，我们已与部分作者、译者取得了联系，得到了他们的支持，有的作家还热情地为我们提出了一些十分宝贵的建议，我们在这里深表感谢。但是也有一些作者、译者，我们至今尚未联系上，或因地址不详，或因出国、退休，信件无法送到，我们深感遗憾。相信这套书的出版，会使我们之间得以沟通，并希望得到大家的谅解。期待着给我们来信！

高帆

目录
contents

漫漫长夜　　　　　　　　　　〔法国〕勒内·巴雅韦尔 ◇ 001

猿猴世界　　　　　　　　　　〔法国〕皮埃尔·布勒 ◇ 011

国王与玩具商　　　　　　　　〔德国〕沃夫根·契杰克 ◇ 031

雪人　　　　　　　　　　　　〔苏联〕阿·别里亚耶夫 ◇ 038

人多逼的　　　　　　　　　　〔捷克〕拉·库比 ◇ 069

时间皱褶　　　　　　　　　　〔美国〕马德琳·勒恩格尔 ◇ 078

过去·现在·未来　　　　　　　〔美国〕纳特·沙克纳 ◇ 086

长大之后去干啥　　　　　　　〔美国〕本福德 ◇ 094

宇宙飞船历险记　　　　　　　〔美国〕路易斯·斯洛博金 ◇ 105

奇妙的女孩　　　　　　　　　〔日本〕眉村卓 ◇ 126

目录
contents

雾中山传奇　　　　　　　　〔中国〕刘兴诗 ◇ 133

深山险遇　　　　　　　　　〔中国〕许祖馨 ◇ 150

飞向人马座　　　　　　　　〔中国〕郑文光 ◇ 159

时光巡逻员　　　　　　　〔中国台湾〕吕应钟 ◇ 175

朋友　　　　　　　　　　〔中国台湾〕袁琼琼 ◇ 186

漫漫长夜

〔法国〕勒内·巴雅韦尔

这是南极考察已定期化的年代。法国南极考察使用最新冰下探测仪，在612号作业点上，探测到冰层下1 000米处有一座建筑物的残骸，据冰川学家估计，它的年代在90万年以前。更令人惊诧的是，这座废墟里竟有电台，它一直向地面发出超声波信号！

惊人的发现使世界为之轰动。由法、美、苏、英、中、日等17国组成的专家队立即奔赴现场，一项浩大的国际工程拉开战幕。

巨型机器昼夜不停地往冰山腰里钻着。人们在冰面下的978米处，发现了那座遗址，奔腾着的白马，倒塌的楼梯，绽开的红花，都包裹在冰层中，当人们用喷气管喷射冰壁的时候，这些东西也随着冰壁一起融化了。

信号一直从地下传来。探井穿过冰层，继续向土层和岩层深入。在岩层下17米处，一个巨大的、用黄金铸成的圆球显露出来。两周后，人们用仪器测出，这是个置放在一个台座上的圆球，直径为27米，空心，壁厚3米。作业人员用激光等离子喷枪在圆球上烧穿了一个直径2米的窟窿。第一批探险者爬了进去，他们踏上一条几米长的通道，通道的地面由黄金镶造，墙壁由一种多孔的青色物质建成。美国化学家胡佛不小心碰了一下身后的队员,那队员想扶着墙站稳,谁知竟整个儿地滑进墙壁,摔了下去。随着一声碰撞声,非金属的墙壁震颤着颓坍下去。在升腾的烟雾中,人们看到那个队员胸部被一支黄金尖桩穿透。

人们将一个巨大的抽气管插入圆球,整整抽了一个星期。崩溃后的圆壳内部,留下的是互相衔接的一具绝美、轻巧的金架,它的下面是一幢约9米高的卵形建筑物,微波信号正来自卵球内部。

强力橡皮吸盘从卵球的一道细缝处拉开了球壁。法国医学专家西蒙捷足先登,俄国人类学家莱奥诺娃紧随其后,他俩都穿着耐寒的宇宙服。外面摄像机的强光一扫卵球内神秘莫测的气氛。地面上立着两个长形金座,每个金座上放着一块冰块似的透明物,上面躺着一男一女,他们的脸部被一个精致的金头盔罩住。两人的身材完美和谐,皮肤红亮发光,给人一种充满青春活力的感觉。莱奥诺娃把仪器放在透明物质上,那是一种固态氮,指示盘显示:摄氏零下272度。这几乎是绝对零度,所有分子均绝对静止的温度。倘若在这种包裹物质的中心达到绝对零度,那么这对男女也就恰好处于他们进入到里面去时的那种状态,而且,他们可以在漫长的岁月中永远保持这种状态。

顿时,全世界激动万分。各报纸均以套色大字标题狂呼:《唤醒他们!》或者《让他们继续睡下去!》。联合国为此召开大会。巴基斯坦代表要求按人口分配冰川下的大量黄金;美国代表认为冰川下真正的财富是那两个人头脑中的学识,鉴于美国的科技水平,他建议将两个冰民运到哥伦比亚大学实验室;苏联代表微笑着站起来表示,苏联的人才和设备同样能担负复活工作,那对夫妇应拆开,两国各负责一个;巴基斯坦代表听了暴跳如雷,怒斥大国企图通过瓜分过去的秘密而达到瓜分未来的霸权的目的,他号召穷国起来反对这个阴谋,哪怕让那两个冰人永远待在他们那具固态氮的套壳里!

当联合国的代表们转入暗中周旋、讨价还价的时候,612号作业点的国际南极远征队将一份公报提交给会议主席。他们表示不承认联合国对处于冬眠状态的那对男女有决定权，他们决不把这对冰民交给任何国家，遗址的所有财富、资料属于全人类等等。公报一经宣读，联合国的玻璃窗一直震到最顶层。经过激烈辩论，大会决定立刻派一支蓝钢盔部队前往612号作业点，接管那里的一切。两小时后，南极远征队的队员出现在电视屏幕上。全世界的人都听到胡佛和莱奥诺娃向他们发出的呼吁：财富属于全人类，决不容许任何民族的或国际的贪欲得逞，向当权者写信，挽回整个局面！当天下午，所有邮局都出现壅塞现象。这些信件用不着去阅读，世界各国人民第一次超越语言、国界、分歧和隔阂，表达一种共同的意愿。联合国大会终于取消了派部队的决定，让远征队的专家们去决定该怎样工作。

复活工作首先从那个女人开始，因为她的身体状况看起来要比那个男人好些。固态氦在喷气管的吹拂下很快消融，四个男人将那女人小心翼翼地抬到手术室。医生们将各种仪器探头接在那女人的身上，软管输送的15摄氏度的空气在金护罩和女人的脸庞之间流动。

世界各地的广播在同一时刻播放了来自612号作业点的消息：11月17日，当地时间14点12分，那个女人的心脏开始跳动。人们听到了那颗90万年以来从未跳过的心脏的首次搏动，那是一声沉浊的跳动声："怦"……

女人的面罩被揭开了，她那令人难以想象的俊美，使在场的男人发出一声惊叹。脑电图表明，她正在做梦，那梦冰冻在她头脑中的某个地方，陪伴了她90万年。现在，受着温暖的熏陶，它渐渐绽开了。那女人睁开眼，随即脸上出现了惊愕、厌恶的表情，又闭上眼睛。医生们赶紧上前，又是按摩又是检查。西蒙医生不喜欢人们像对待一只实验动物那样对待那女人，他把那些探头统统拿掉，然后把被单仔细地盖在女人身上，他拉起她的一只手，像捧着一只离群的小鸟似的亲昵、爱抚不已，并在她耳边轻声说着话。那女人张开了眼睛。西蒙把手搁在自己胸前，轻柔地说出自己的名字："西蒙。"女人注视着他，将左手搭在自己的额头上，说："埃莱娅。"

醒来的埃莱娅很快又面临饥饿的威胁，她拒绝一切食物。强灌进去的食物，进到胃里便被她呕掉了，最后只能靠注射营养血清维持生命。她不断重复着同一串声音，可谁也不明白那是什么意思。西蒙找到队里的语言学家卢科斯，远征队队员所使用的那种能同时翻译17种语言的翻译机就是他发明的。卢科斯说，就队里现有的电脑，他需要几个星期才能弄清这种新的语言。可是埃莱娅等不了那么久。远征队发射台发出呼救信号，请求世界最大型的电脑予以合作。响应立刻从世界各地传来。

特殊语言的秘密搞清了，翻译机又增加了一个新语种。那串声音的意思是：食品机。在停放埃莱娅的金座架下面，人们已经发现了各种各样不知名的器具。他们把这些器具的照片拿来让埃莱娅辨认。她认出了食品机，那东西整个结构的大小和重量近似半个西瓜，虚弱不堪的埃莱娅靠西蒙医生的帮助，按下了食品机上的按键。食品机的开口处跳出一个托盘，里面有五粒粉红色的小丸子。她把丸子吞下后，竟惊人地恢复了体力。当她从西蒙那儿得知自己已经睡了90万年，所生活的那个世界早已荡然无存时，突然厉声呼唤着"巴伊康"冲出门去。肆虐的暴风雪立刻把她吞没了，人们将再次昏迷的埃莱娅抱了回来。

趁埃莱娅昏迷不醒之际，胡佛肆无忌惮地摆弄着食品机。里面没有任何原料，它是从无形中制造营养物质。刚刚醒来的埃莱娅告诉询问她的专家，他们国家是用普适能源制造产品，其作用原理是以索朗普适方程为依据。埃莱娅在纸上画了一条螺旋线，中间贯以一条垂直线，里头再点了两条短线，这就是索朗方程。埃莱娅只会用大众语言判读它，意思是"一切感觉不到之物事实上均存在着"。而躺在她身旁的那个冰冻着的男人却能用普适数学术语来判读索朗方程，他是贡达雅最伟大的科学家,名叫科邦。

科邦知道一切。复活科邦的工作在紧张进行。医生们发现他的头部、上身严重烧伤,并有感染的迹象,但埃莱娅说,当她入睡时,科邦正在她身边,皮肤完整无损。

会议大厅里,专家们聚集一堂,埃莱娅向人们讲述了她的身世和她所生活的那个社会。埃莱娅是在贡达雅人和埃尼索拉伊人的第三次战争后,在地下深层的隐蔽所里出生的。那次战争双方都动用了可怕的原子弹,整个地面被致命的放射物所污染,人们只能住在地下。埃莱娅是在7岁时,获得钥匙的第二天,才第一次上大陆表面。埃莱娅摊开右手,人们看到她右手的中指戴着一枚斜截棱锥体的宝石戒指,"这是一个万能的钥匙。"埃莱娅说道。

这把钥匙在其实体中记载着佩戴者的全部遗传素质及肉体和精神的特质,它将这资料输入中央计算机。佩戴者满7岁时定型,钥匙也跟着定型。这时中央计算机根据掌握的资料,对满7岁的儿童进行"指配",即把一对将来最适合一起生活的男孩和女孩指配给对方。指配后,他们在一起长大,轮流在男孩的家或女孩的家生活,待成年时,父母便将他们结合到一起。埃莱娅把她从金座架挑选的一个金环戴在头上。这是一个特殊的记忆传递装置,它可以将人脑中的意象直接显示在屏幕上。埃莱娅闭上眼睛,为人们显示了贡达雅人"指配"的情景。在一面巨镜和树丛之间,站着20来对光着上身,头戴花环的孩子。其中最美丽的女孩是小埃莱娅,她和身旁的一个英俊的男孩正彼此注视着,那男孩就是她的指配对象巴伊康。埃莱娅的声音通过翻译机传来:"若'指配'十分完美,两个接受指配的孩子初次见面时便能互相认出来……"一个穿红袍的男人为孩子们举行了仪式,把宝石戒指套在他们右手的中指上。那戒指的大小和孩子的手指正合适。"以后别离开它。它将伴着你们成长。"穿红袍的男人说。

在贡达雅，无声、无废的工厂用普适能源制造人们所需的一切物品，而那把钥匙就是分配的凭证。每个贡达雅人每年都获得一张等额的信用证，统一由中央电子计算机管理，其数额足以保证个人生活所需及享受社会所能给他提供的一切。贡达雅人想购买物品或旅游，只要将钥匙插入规定的位置即可，中央计算机会从他的总额中扣除他所需商品或服务的价值。钥匙的另一个用途是：防止受孕。想生育孩子，男女双方都必须脱掉指环。钥匙使贡达雅的人口始终保持稳定水平。敌对国埃尼索拉伊也了解索朗方程，懂得使用普适能源，但却把它用来繁殖人口、研制武器。虽然第三次战争后，埃尼索拉伊和贡达雅签订了朗巴协定，双方保证不再使用原子弹，并把所剩的炸弹送入太空，让其环绕太阳轨道旋转，但埃尼索拉伊依仗自己人口多、个人武器多，对贡达雅日益构成威胁。

屏幕上出现了长大后的埃莱娅和巴伊康纵马在树林里互相追逐的欢乐场面。他俩结束了相同的学业后，选择了"天气工程师"的职业，为的是能够在地面上生活。紧接着便是战争，警报声响起，巨型炸弹在空中爆炸。一个青年学生在电视上讲演，他告诉人们，最伟大的科学家科邦已研制出第一滴能使人永葆青春的普适血清。他请求人们呼吁贡达雅最高权力机关——指导委员会和埃尼索拉伊和解，制止战争，让科邦的研究继续下去。接着委员会的主席又出现在屏幕上，他说政府已在贡达1号阵地部署了一种最新式的威力空前的武器，它足以保证和平。当天下午，每个贡达雅人都从信箱里收到了官方发给的G型手枪和"黑粒"。手枪是用来杀人，黑粒是用来自杀。政府和埃尼索拉伊为争夺月球的霸权已在月球开战，战火不久便会蔓延到大陆。

科邦通过阅读机紧急召见埃莱娅。他忧虑地告诉埃莱娅，尽管他多次提出抗议，但委员会已做出决定，一旦埃尼索拉伊进攻贡达雅，他们将动用贡达1号阵地的太阳武器，而埃尼索拉伊亦决心在太阳武器使用之前将它摧毁。这将是一场毁灭性的战争，一旦使用太阳武器，整个地球就会发生剧震，以致海洋溢出海沟，大陆崩裂，大气层将达到使钢铁熔化的热度。他正在尽力说服指导委员会放弃使用太阳武器，但如果失败了，他就只有选择另一条路：拯救生命。他搞了一个能抗御一切的掩蔽部，那里配备了各种植物的种子和动物受精卵、各种知识的微型录音带、工具等，总之，配备了复活一个类似的文明社会所必须的一切。除此之外，掩蔽部还将置放一个男人和一个女人，他们将担负起将来复活整个世界的重任。因此要求女的容貌和体格超群，男的要有渊博的知识。电子计算机经过反复筛选，选择了埃莱娅和科邦。埃莱娅表示，她决不与巴伊康分开。

埃莱娅伺机逃离了科邦的实验室。她找到巴伊康，两人决定逃到中立国拉莫斯去。他们登上一架飞机，巴伊康把钥匙插入操纵板，信号灯不亮，原来中央电子计算机注销了他俩的拨款。巴伊康用枪逼迫一个男人用戒指发动了一架飞行器。当他们接近国境线时，播音器传出全面戒严的通知，飞机倏地转了个弯，又飞了回去。这时贡达雅已被一片火光所笼罩。埃尼索拉伊人正乘着铁骑向贡达雅的各个洞口疯狂袭击。绝望的巴伊康抱着埃莱娅冲入中央洞口，他要把她送往掩蔽部。埃莱娅必须活着。

屏幕熄灭了。复活室通过所有播音器在讲话："科邦活了!"科邦的心脏跳动极不稳定。医生们担心的事终于发生了，科邦的呼吸发出水泡音，肺部出现大出血。经检查，科邦的大出血，是由于肺部纤维组织灼烧过于严重以致无法愈合引起的。在这种情况下，必须切开科邦的胸部，重新换一个肺器官。而现在，只有一个人的血型和科邦的相同，就是埃莱娅，那是一种非常奇怪的化石血。

此时此刻，俄国的南极舰队，美国战略卫星第七航天中队，还有欧洲潜水航空母舰等纷纷向南极推进。他们得到的指示是：决不让科邦落入他国的手里。在612号作业点的海面上，舰艇、潜艇、空军、海军，组成了一个庞大的防御或进攻的体系。

翻译机经过吞咽、消化，终于以17种语言译出了索朗方程，并将它保存在贮存器里，等待向全世界播发。正在这时，胡佛偶然发现，卢科斯用来拍摄索朗论文的摄影机里装着一部异常精巧的发射机，他立刻意识到，有人想独占索朗方程的全部知识。胡佛马上赶到档案室：保存胶卷和磁带的盒子被注入了酸溶液，里面成了一堆稀浆糊；贮存器的金属墙壁上，吸附着四枚走近即爆的地雷。

胡佛带着莱奥诺娃冲入极地的风雪中，乘升降机下到卵球。他们朝复活室的受话器一遍又一遍地大喊："有人要杀害科邦，注意每一个人！"在搜寻中，他们忽然发现一个男人拿着激光等离子喷枪，正将火焰喷向刻着贡达雅文字的墙壁，黄金在熔化、流淌。莱奥诺娃连开四枪，那人大叫一声，扑倒在地。是卢科斯！卢科斯一直到死也没说出他为谁服务。

在风暴肆虐的南极边缘，一艘接收了索朗论文全部秘密的微型潜艇强行向深海开进，一个巨浪把它抛在岩石上砸个粉碎。应远征队请求，前来搜捕接受秘密发射人员和仪器的国际部队拍摄到了这个场面。

国际部队的所有舰艇均无排雷人员，远征队通过卫星把美、俄、欧洲部队中的所有专家全都动员起来，但即使他们以最快的速度起飞，到达南极大陆也需要许多时间。卢科斯安放在翻译机上的地雷，每枚装有3千克"皮恩卡"，这是美国新研制的一种最新炸药，威力比"梯恩梯"大1 000倍。9千克"皮恩卡"相当于9吨"梯恩梯"，它一旦爆炸，将会对附近的原子反应堆产生无法估量的影响。为慎重起见，远征队命令：紧急撤离。

基地上的专家、技术员、勤杂人员已经在准备撤离了，但医生们决定不惜一切抢救科邦。就他目前的状况，把他从复活室里拖出来，这无异于割断他的脖子将他杀死。如果立刻输血，几刻钟后他便可以平安转移。负责复活工作的医学专家勒博找到埃莱娅，问她是否愿意给科邦输血。"我同意。"埃莱娅思索了片刻，做出了这个决定。她同意把自己的血输给科邦，输给将她与巴伊康拆散，把她抛入一个漫长之夜的人。

埃莱娅坦然地躺在那位包裹着的男人身边，她把手搁在食品机上，以便随时取用补充消耗。勒博把金环戴在科邦头后，又将另一个金环递给西蒙医生，因为科邦的头部和脖颈深度烧伤，使放置脑电图机的探头变得十分困难，而且显示时隐时现，只好由一名医生直接接收以代替脑电图机。

图像出现了，西蒙认出来，它是掩蔽部的心脏——卵球。一丝不挂的埃莱娅躺在金座架上熟睡，金护罩已套住她的头部。巴伊康泪流满面，亲吻着埃莱娅发白的手指。科邦把他拖起来，给他指了指卵球上面太阳武器的可怕图像。贡达雅人没能抵挡住埃尼索拉伊几百万人的进攻，终于向他们发射了太阳武器。天空充满了一排排黑乎乎的花瓣，地面是熊熊燃烧的烈火。埃尼索拉伊人像黄蜂一样，已冲进了掩蔽部的洞口，是关闭掩蔽部的时候了。科邦将巴伊康推向金楼梯，巴伊康挣脱了，他打开指环上的镶宝石的座盘，那颗致人死命的黑粒正躺在里面。科邦又在推巴伊康，巴伊康从埃莱娅身边蹦起来，他绝望地用双拳、用脑袋向科邦猛烈撞击。科邦倒下了。

战斗的激烈轰鸣变成了怒吼。卵球的大门仍敞开着。巴伊康如同一匹猛兽，敏捷地冲上楼梯。一名敌兵正闯入大门，他们几乎同时开枪射击。那敌兵被击中，但巴伊康也被对方射出的热能烧伤。在千钧一发之际，他挥拳砸下了大门的开关。3米厚的大门像母鸡的眼睛似的关闭了。随着一声巨响，大门外的所有的实验室和掩蔽部飞出几公里远，入侵者和防守者同归于尽了。

这时，西蒙看到重新回到卵球的巴伊康正摇动着毫无反应的科邦。

科邦的心脏已停止了跳动。巴伊康挣扎着扶起科邦，把他拖到卵球外，然后踉踉跄跄地来到空着的座架并躺了下去，他做了最后一次努力，将金属护罩压在自己脸上。这时，一道绿色的闪光照亮卵球，卵球的大门开始慢慢垂落。

西蒙突然扯掉金环，大声喊道："埃莱娅！"他看见了埃莱娅放在食品机上的手。指环上的镶宝石的座盘被掀开了，下面长方形的小槽已空无一物。黑粒不见了。埃莱娅吞下了黑粒，想把自己毒化的血液输给科邦而毒死他。她不知道，她正在杀害的却是她最心爱的巴伊康。

勒博从那位男人的手臂上拔掉输血针，一位苏联医生以为他想谋害科邦，猛地一拳打过去。勒博一边自卫一边叫嚷："毒药！"就在这时，灯光全灭了。播音器传出了一个法国人的声音：翻译机被炸毁，反应堆情况不明，迅速撤离！

升降机不能用了，只有爬软梯上去。医生们不忍心离开埃莱娅和巴伊康，有人建议把他俩背上去。这时播音室传来更紧急的催促：反应堆发生严重溢漏，赶快逃命！西蒙建议，把两个死人放回原来发现他们的地方。当人们把巴伊康和埃莱娅放回金座架时，一道蓝色耀眼的闪光从透明的地面喷射而出，充满整个卵球和圆壳。制冷机自动恢复了中断一段时间后的工作：以致命的严寒包裹着托付给它的负荷物。

胡佛、莱奥诺娃及全体复活工作人员登上最后一架直升机。胡佛紧紧搂住由于过度失望而颤抖的莱奥诺娃，他悲怆地凝望着遭受浩劫的基地，不禁哽咽出声。大家都为和新文明的曙光失之交臂而痛惜不已。这悲剧在很大程度上正是人类的蠢举造成的。

猿猴世界

〔法国〕皮埃尔·布勒

引　子

　　吉恩和菲丽丝是两个黑猩猩，他们在宇宙中度着美妙的假期。那是一个星际旅行已司空见惯的时代。他们乘坐的是一艘球形飞船，在光辐射压力的推动下游弋太空。

　　吉恩和菲丽丝所在的恒星系有3个太阳。一天，吉恩和菲丽丝躺在飞船中间，任凭3个太阳的光线照在身上。吉恩闭着眼睛，菲丽丝注视着浩渺无际的宇宙。就在这时，他们发现了那只在空中深漂浮的瓶子。菲丽丝用一把长柄捞勺将瓶子打捞上来。里面是一卷薄纸，而且每张纸都密密麻麻地写满了地球文。吉恩曾在这颗行星上研习过地球文，对这种文字很熟悉。他缩小了球形飞船的体积，使它在空中无力地浮动，然后便躺下来开始念这手稿。

第一部　颠倒的世界飞向参宿四

　　……我把这部文稿托付给宇宙，并非为了求救，而是因为这也许有助于人类避免一场可怕的灾祸……

我——尤利斯·梅鲁正带着全家乘宇宙飞船在太空中飘荡，希望有朝一日找到一个能收容我们的行星。在这里，我要原原本本地讲述自己的遭遇。

公元2500年，我和两位同伴一起乘坐宇宙飞船，准备飞往以超级巨星参宿四为中心的宇宙区域。参宿四是颗动人心弦的星，它的直径是太阳的300—400倍。选择这么远的星球是安泰勒教授执意这样做的。他向我解释说其实飞往距我们300光年的参宿四和飞往距我们只有4光年的半人马座用的时间差不多。他研制的性能完善的火箭可以使我们的飞船以难以想象的最大速度飞行，而要达到这种时间几乎停滞了的高速；需要用一年时间进行加速，才能让人体器官适应；减速又要用一年。而在这两个阶段之间，只用几个小时就把大部分旅程走完了。他说："这下，你也就明白为什么到参宿四和到半人马座去的时间几乎差不多了。到半人马座去，加速和减速同样要这样长的时间，只不过中间飞行的时间是几分钟罢了，所以总计起来，差别并不大。我越来越老了，将来不会再有横渡宇宙的机会了，不如马上瞄准一个远的目标。"我们就这样在飞船上谈着，消磨时光，按我们的时间计算已经飞行了两年左右，而地球上已经过了350年。飞行没有遇到什么大的麻烦。我们从月球出发，太阳最后变成了一个小小的光点，于是我们的生活中失去了太阳，但飞船上装有相当于日光的光源。我们也不感到厌倦，教授的谈话饶有趣味，这两年中我学到的东西超过了以前所学的全部知识。我还掌握了驾驶飞船必需的全部技术。飞船上用以做试验的花园给我们增添了很多快乐。里面种了各种蔬菜、花草，还有鸟和蝴蝶，甚至还有一头小黑猩猩，名叫埃克多。飞船大得可以容纳好几家人，但却只有3个人：安泰勒教授；他的学生阿尔图尔·勒万——一个有前途的年轻物理学家；我——尤利斯·梅鲁，一个在一次采访中偶然与教授相识的不出名的单身记者。

在漫长的飞行后，我们终于接近了参宿四星。它已由繁星中的一个小亮点变得像太阳那样大了。飞行的速度已经很低，教授向机器人发出了几条命令，我们便进入了这颗巨星的重力轨道。我们发现了4颗行星，其中第二颗的运行轨道离我们不远，大小与地球相仿，有一个含有氧和氦的大气层，根据计算，辐射到这颗行星上的光线也与地球相近。我们决定选这颗行星为第一个目标。通过望远镜，我们看见那里有海洋和陆地。飞船不适合登陆，我们就把它留在行星的重力轨道上，改乘我们称之为小艇的火箭装置，还带上了埃克多。这颗行星和地球相像得出奇。大气是透明的，海洋是淡蓝色的，而最根本的相像是这颗行星上有居民。我们飞过了一个相当大的城市，那里面有林荫道、往来的车辆和建筑。但我们却在离那儿很远的一个高原空地上降落了。

地球的孪生姐妹

我们顺利地降落到了这颗行星的草地上。安泰勒教授仔细分析了大气，结果证明与地球上的完全相同，适于人的呼吸。我们无疑是到了地球的孪生姐妹星上了。这里植物生长得十分茂密，还有许多与地球上相似的动物。我们给这颗星起名叫梭罗尔。埃克多早已兴奋地跑进了树林，没了踪影。为尽快认识这颗新星，我们顺着一条天然小径走进树林。这时我们发现了一条经由一方平坦的岩石而注入下边小湖的美丽瀑布。湖水对我和勒万产生了极大的诱惑，我俩不约而同地脱下衣服，准备把脑袋扎到水里。教授却制止了我们，而去简单验证了一下那确实是水。就在他证实确实是水而再一次弯腰把手伸进水里时，他发现了沙地上清晰地印着一串人的脚印。

梭罗尔星上的人

　　那脚印纤细、优雅，使我和勒万都认为是女人的脚印。在察看湖边沙地时，我们又发现了其他几个地方的脚印。有一块于沙上的脚印还是湿的呢！这说明不久前她还在这里洗澡，也许是我们的声音惊跑了她。看来这湖水是不会有什么危险了，于是我们都扑进了水里，痛快地洗起澡来。

　　就在这时，我发现了瀑布的岩石台上立着的那个美丽绝伦的女人。她高大、丰满而苗条，有一张纯洁的脸，可她的眼中却是充满了怪异的空虚和漠然。她听到勒万的说话声时，吓得朝后一退，动作机敏得像一头准备逃跑的野兽。她躲到岩石后窥视着我们。我们不敢再出声，而是装出一副对她不感兴趣的样子，在水里玩游戏。她走回平台很有兴趣地看我们的游戏，想参加又不敢。突然间我们听到了她的声音——似一种野兽的怪声。我们都惊呆了，但却不动声色。她爬下岩石，下水朝我们游来，参加了我们追逐的游戏。她显然很高兴，但却始终很严肃，原来她不会笑。当我故意投给她一个温柔的微笑时，她却做出了自卫的样子并继而向岸边逃去。出水后，她犹豫了一下，正当她可能重新恢复信任的时候，小黑猩猩埃克多欢蹦乱跳地向我们跑来。姑娘的脸上立刻现出了野兽样的表情，混杂着恐怖和威胁。就在小黑猩猩经过她身边的一刹那，姑娘一把钳住了它的喉咙。随后尖叫一声，逃进了树林。

　　我们回到小艇旁，达成协议，准备再待24小时，设法和这陌生的森林居民再接触一下。

　　白天平静地过去了，晚上周围树林里发出索索的声响。我们轮流放哨，安全地过了一夜。我们决定再回到瀑布那里去。

　　到了湖边，脱掉衣服，我们又像昨天一样若无其事地玩起来。果然不出所料，过了一会儿，姑娘又无声无息地站在了平台上，她的身边还多了一个像她父亲一样的男人。渐渐地，人越来越多。他们个个结实、漂亮。我们被包围了，最后在诺娃（即"新星"，我这样称呼她）的带头下，他们都游过来参加了游戏。我们对自己这种傻孩子一样的游戏再也憋不住了，于是爆发了一场大笑。结果这些人被吓得四处逃窜，聚到岸上对我们愤怒地喊叫。我们匆匆穿上衣服，用卡宾枪吓走了逼上来的他们。

可就在赶回小艇的路上我们遭到了他们的突然袭击。他们冲上来撕碎了我们的衣服，抢走了武器、弹药和提包，扔到远处。还有一些人攀上小艇，将所有的东西都砸烂，撕碎。看来他们仇恨的只是我们的衣服和物品。我们被推搡拥挤着走向密林深处。诺娃紧紧地跟随着我们。几个小时后，到达了目的地，我们已筋疲力尽。小艇已被毁，逃跑也无益，所以我们觉得上策是留在这里，稳住他们。

我们都已饥肠辘辘了，可那些梭罗尔人却仍在继续着那种荒诞可笑的游戏。这里好像是个营地，他们住的是用树枝搭起的极其简陋的巢穴。我们终于看见一家人在吃饭，就像野兽一样吞吃生肉，并不许我们靠前。这时诺娃爬上了一棵树，弄掉许多香蕉似的果子。她拾起几只吃起来，我们也照着样子吃了起来。为了过夜，我们也学着他们那样搭个窝，诺娃还帮我折了一根很韧的树枝，使我很感动。我躺下后很久，诺娃才由犹豫到迟疑地一步步朝我挪近，最后在我的面前蜷曲着睡了下来。

一觉醒来，天已渐亮。她也醒了，看到我，眼里闪出了恐惧。见我没动，脸色才慢慢温和下来，终于第一次承受住了我的目光而没有躲闪。我又试着使她经受住了我的微笑甚至经受住我的一只手搭在她的肩膀上。我为这一成功而陶醉。当我发现她在竭力模仿我的时候，我就更加飘飘然了。她试着微笑，扮出的都是一副痛苦的怪相。我为此对她充满怜爱和感动。我终于学着他们的那种方式——用舌头舔对方的脸，同她互相亲热起来。

恐怖的围猎

天开始大亮的时候，树林里传来了一阵刺耳的喧嚣。森林居民们开始离开了巢穴，惊慌地四处奔逃。显然，他们知道即将来临的是一场可怕的灾难。几个年长者镇定下来带领着森林居民朝喧嚣声相反的方向逃命。

诺娃也跟着跑了几步，又停下来向我们如怨如诉地呻吟，想来是叫我们一块逃。随后她就跑得无影无踪了。我来不及跟同伴们商量就跟着她跑去。跑了几百米后，没追上诺娃，却见勒万一个人跟在身后，想必教授由于年纪大已落在了后边。

这时前方又突然传来了枪声。我们跑到枪声响起的地方，隐蔽下来。在离我们30多步远的地方我竟发现了一只穿得衣冠楚楚、手里抓着一支长枪的大猩猩正在朝这里张望。我惊得差点叫出声来。它就待在这里等着射击那些四处乱跑的活靶子。果然，它射中了一个，于是脸上露出胜利后的得意和快活。这头野兽的眸子里，闪烁着一种心灵之光，而这正是我在梭罗尔人的眼中所找不到的。

我们后面围猎的猩猩也上来了，勒万由于恐惧已完全丧失了理智，昏头昏脑地站起来往路上跑，结果被击毙在地。我则乘隙穿过小路拼命跑到对面的林子里，可是跑了不到100米，就撞上了一张大网，和其他许多森林居民一样被牢牢地网在了这里。

囚笼中的印象

现在，我对这个星球上的反常现象已习以为常了。大猩猩们一副贵族气派，用一种发音清晰的语言高兴地打着招呼，不时地露出只有人才有的表情，而这些正是我在诺娃的脸上所看不到的。

最后，我们从网里被一个个揪出来丢进囚笼车。一刻钟以后，我们被载到了一所石头房子前面的空地上。这是一个打猎的聚会地点，母猴们在这里等着它们的老爷。之后猩猩们就去吃饭，也给我们送来了些食物。它们已不像打猎时那样可怕了，这种生物还具有怜悯心。饭后，我被重新编笼，放进了一个都是漂亮男人和女人的笼子。在新囚友中我惊喜地见到了诺娃。我们开始重新上路了。

这时我还在竭力拼凑出一种设想，即这些有理性和语言的猴子是城市里的文明人经过几代的努力培养出来的，是用它们做一些粗重的活儿，比如刚才的这场围猎。可是那些被猴子们打死和捕获的人又是什么呢？就在这时，诺娃又爬到了我的身边躺下，我也一觉睡到了天亮。车走得慢一点了，我意识到是往一个城市里走。从搭在囚车栅栏上的篷布的下面，我第一次观看梭罗尔星上的文明城市。我惶惶不安地注视着街道上过往的"行人"，原来他们都是猴子。食品杂货商、司机都是猴子。想要看见文明人的希望变成了泡影。

囚车来到一座院子里，院子周围是一些高楼。我被用口袋装着送进一个大厅，被关进一个单人笼子里，里面有一张稻草铺。大厅里摆着不少这样的笼子，排成两排，门都对着一个长过道。这里大部分笼子都已关进了人，有些像我一样是刚刚被关进来的。诺娃被关在了我对面的笼子。车大概都卸完了，两只大猩猩推着车开始分食物。为了引起它们的注意，我向给我送食物的一只大猩猩鞠了一躬，笑了笑，又对它说我是一个从地球来的人，使得那只猩猩惊叫起来。可随后他俩嘀咕了几句，对我望了一眼又哈哈大笑起来。我很失望，但毕竟我还是引起了它们的注意。

黑猩猩姬拉

这一夜，我翻来覆去地思忖着如何和猴子们接近。我希望会有更有教养的猴子能理解我。第二天早晨，我就看到了希望。两个看守拥着一个新"人物"走了进来，那是一个年轻的雌黑猩猩。它径直朝我走来。我一边向它鞠躬，一边向它问好，然后又发表了一通演说。雌猩猩已经惊呆了，可直觉告诉我它已猜到了部分真相。它在本上记了几行字，又朝我笑了笑。我受到鼓舞又向它伸出了胳膊……我激动得喘不过气来，以为它已认识了我的高贵本质并能放了我，哪知它给我的竟然是一块糖。尽管我失望，但我还是有了希望，感到今后和它是能说得上话的。我听看守叫它"姬拉"。

条件反射实验

到了第三天，开始对我们进行一连串的测验。第一项测验是先吹哨，然后出示我和野人都爱吃的那种香蕉，以便让你流口水。我由于开头没有明白它们的用意而没有流口水，这使那个看守很失望。而给诺娃测验时，她则一见到香蕉就像狗一样地流口水。我这才明白他们是在做条件反射试验。

第二天，他们又做电击的条件反射试验。当他们给我做时，我在刚一听见铃声时，就猛然放开铁栏杆，以免他们给铁栏杆通电过着我。我想让它们看看本能和意识的天壤之别。

　　这时，姬拉和另外两只猩猩走了进来。其中一个看上去像是个很有权威的"人物"，这是一头比大猩猩要矮的猩猩。还带着一个小雌黑猩猩秘书。它显然是姬拉的上司。它们直奔我而来。我向它问好使它吓了一跳。姬拉给它讲了有关我的情况，可老猩猩显然没被说服。这时它的一个下属在向同伴打手势嘲笑它，看来对它的尊敬并不那么实在。我也想嘲笑它一下，于是学着它的那种怪样，反背着手来回踱步，引起了大猩猩们的哄堂大笑。它十分气恼，这时我又叫出了它的名字"米·扎伊尤斯"和"姬拉"的名字（这是从其他的猩猩嘴里学会的），使它们又激动起来。

　　平静下来之后，它叫猩猩再对我进行那两个试验，我轻而易举地就对付过去了。第二种试验足足让我做了10来次，后来我灵机一动，一下子从铁栏杆上拔掉了接电线的夹子。凡是有理性的人都会从中看到智慧，实际上姬拉十分惊喜，但这却丝毫不能使这老猩猩信服。它们又把两种反射试验混合在一起做，我也应付自如。姬拉又和它激烈地争论起来，但我看得出什么都不能改变它那愚蠢的怀疑态度。

　　第二天，我们又接受了接二连三的试验。第一个是登物取食测试，只有我成功了，其他的人包括模仿力较强的诺娃在内都没有成功。在其他试验中，我同样表现得很突出。我还记住了猩猩语中的几个单词。

　　就在这时，扎伊尤斯又来了，还带了一个与它同级别的同事。当着它们的面我顺利地通过了全部测验，最后，打开9道机关盒子的试验，我也没有丢脸。我还指着各种东西，说了几句刚刚学会的猩猩语。可是猩猩们还是那样怀疑地笑着。扎伊尤斯向姬拉传达了新的指示。我们被成双成对地关在一起。也许它们想进入选种试验？我虽感到耻辱，发誓不接受这样的试验。但由于分配给我的伴侣是诺娃，羞辱感立即消失了不少。男人在接近女人之前是以一种奇怪的舞蹈献殷勤的，它们强迫我也这样跳舞。最后扎伊尤斯终于用"卑鄙"的手段迫使我跳起了这种舞。

人类的命运几何学的作用

现在，我已习惯了这种囚笼生活，甚至不再费力地去和姬拉交谈。我在测试中很出色，它们待我很好，在诺娃的面前我也总是神气活现。但有一天，我终于厌倦了。我为自己的软弱而脸红。我再一次下决心要像一个文明人那样行动起来。我趁一次伸手向姬拉表示谢意时，抢过了它手里的本子和笔，给它画了一张诺娃的肖像，它看了很激动。我又画了一张勾股定理的几何图形，这一次使得它惊呼起来。闻声赶来的两个看守被它支走后，它又重新把本子和笔递给我，现在，是它渴望和我接触了。我又继续画一些几何图形，它也画了一个。我激动得流出了眼泪，我们第一次产生了精神上的共鸣。后来，我就是用这种方法画出了它所在的星系，也使它明白了我是乘坐飞船来自太阳系的地球的。但它不让我向扎伊尤斯泄露这个秘密。

梭罗尔猿猴的种类

从这一天起我开始得到姬拉的帮助，它每天都找借口教我学猩猩语，同时向我学法语。不到两个月，我俩已能够进行内容广泛的交谈。从它的嘴里我得知了梭罗尔星的猩猩分为三支：黑猩猩、大猩猩和猩猩。几乎所有重大的发现都属于黑猩猩；一部分大猩猩是统治者，喜欢指挥和领导别人，喜欢打猎，另一部分穷的则被人家雇佣，卖苦力；猩猩则是搞官方科学的，它们只善于向书本学习，其实很愚蠢。我问及猩猩和人的进化问题，她向我做了解释，并答应要带我去见她的未婚夫高尔内留斯，它在这方面更有见解。

黑猩猩高尔内留斯

在我的多次恳求下，姬拉终于答应让我走出生物高等研究所（就是我所在大楼的名称），带我去城里转转。不过为了不引起路上对猩猩的非议，我不能穿衣服，而且要用链子牵着。

姬拉带我走进一座公园，这里很清静，她说正好可以跟我好好谈谈。姬拉说我们被破坏的火箭小艇已经被发现了。有些学者已提出一种设想，认为它来自另一个有生命的星球，只是它们不会想到这种有智慧的生物具有人的形体。我急得喊了起来："那么，为什么不把真相告诉它们呢？"姬拉说："像扎伊尤斯那样的官方学者你已经看到了，而几乎所有的猩猩都是这样的，一是当它已断定你的天才不过是一种发达的动物本能时，就什么也改变不了它的看法。一旦公开你的面目，它一定会谴责我背叛科学而辞掉我。这倒没什么，重要的是你将被送到脑神经科成为研究的牺牲品。"我说："这么说来，我注定要被囚禁一辈子啦？"姬拉说一个月以后，这里要举行生物学家年会，各大报都将派猩猩参加，到时要我在大会上自己公开自己的身份以说服众人和记者。因为在这个星球上，公众舆论的力量比扎伊尤斯、比所有的猩猩，甚至大猩猩的力量都大得多。

它的未婚夫也在科学院工作，答应帮我，不过要先见见我，亲自证实一下。原来姬拉已约好未婚夫到这里见面。这是一头体态优美的黑猩猩，一个年轻的院士。它亲自盘问了我很多问题，我们谈论得很热烈。它对地球有文明发达的人这一点特别感兴趣，并认为我们披露的一切对科学、对它所正在研究的课题是非常重要的资料。

梭罗尔文明

姬拉偷偷给我拿来了一只手电筒和几本书，于是我每夜都花好几个小时研究猩猩的文明。猩猩不以国家划分。整个行星受部长会议领导，部长会议由大猩猩、猩猩和黑猩猩三巨头主持。此外，还有一个国会。

很早以来，大猩猩就推行强权统治，一直保留着对权力的爱好，形成了最强有力的阶层。它们都很无知，但却本能地懂得如何利用知识，擅长发布一般性的指示。那些不占统治地位的大猩猩，通常干些粗活，要不然就当猎手，这个职业几乎让它们包了。猩猩数量最少，用姬拉的话说它们代表官方科学，但大都迂腐、缺乏创新精神。黑猩猩则似乎代表着这个星球真正的知识分子，不仅大多重大发明是它们的功绩，大部分有意义的书也是它们著的。可惜的是，编写教科书的都是猩猩。

这里全球统一，没有战争，只有一个警察局。它们有电，有工业，有汽车、飞机，但在征服空间方面仅仅处于人造卫星阶段。尽管梭罗尔可能比地球还古老，但很明显无论宏观还是微观科学都落在我们的后面。它们似乎曾经历过一个漫长的停滞时期。至今猩猩文明发展的秘密还没有被解释清楚。也许正是这种痛苦激起了它们对生物学的狂热研究？

姬拉经常领我到公园散步，有时遇到高尔内留斯，就在一起准备大会上的讲演稿。一天姬拉建议到公园旁边的动物园去。在动物园人区的笼子里，我意外地发现了被卖到动物园里的安泰勒教授。他正在向一个小猴乞讨水果，这个人的身上已没有任何安泰勒教授的痕迹了。我的眼里流出了热泪，可姬拉却阻止了我上去相认，只能等开完大会承认了我是理智生物之后再来想办法了。

人对猿猴的演说

盼望的日子终于到来了。会议的第三天，我和另外几个大概也是具有某些特点的人被送到了会场。我们先是在会堂旁边的一个带囚笼的大厅里等候。其他几个送到会场的人，一经展示完毕便被立即带回。最后，终于轮到我上场了。

我站在一个巨大的圆形剧场的台上，周围是超出了我的想象的大群猩猩。在扎伊尤斯准备用各种仪器测试我之前，得到会议主席的允许后，我巧妙地开始了我的演说。我不仅告诉它们我是个有思维的生物，而且还来自一个遥远的星球——地球。我还走到黑板前，画了几幅简图，尽我所知，解说着太阳系。我告诉它们在地球上是人掌握着智慧和理智，至于那里的猩猩，则一直没有开化。总之，那里是人创造了文明。说到这里，我列举了地球上最突出的一些成就。随后，话题又转到我自己的经历上来。我讲了自己是怎样来到了参宿四星和梭罗尔，如何被俘，进了牢笼，又怎样试图与扎伊尤斯接触却失败了。最后，我讲到了姬拉敏锐的洞察力及它和高尔内留斯给我的宝贵帮助。末了，我还说，现在是否应该把我继续当作一匹野兽来对待将由它们来决定。说完这些话，我已经精疲力竭了。当我听到会议厅里又掀起了一阵如潮水般的欢呼声后，我便晕倒了。

醒来后，我发现自己已经躺在一个大房间的床上。姬拉和高尔内留斯告诉我已经胜利了，我被允许恢复了自由！高尔内留斯还告诉我从此我就可以住在这间研究所专门给高级研究员准备的舒适房间里。这儿离它那儿很近。

新的生活开始了。一头有名的黑猩猩裁缝还在两小时内就为我做出了一套不错的衣服。接待完记者后，又准备应邀去参加高尔内留斯和几个朋友为我开的庆祝聚会，就在这时看守扎南来报告说诺娃因我这么长时间没有回笼子而大吵大闹，其他的人受了传染也都骚动起来。于是我和姬拉就赶回囚笼厅。诺娃和别的人一样看见了我就平静下来了，可她还是不可能理解我的思想，我带着沉重的心情离开了她。

在聚会中我喝了很多酒，脑子里对周围都是猩猩的概念越来越淡漠，我只看见它们在社会中的作用和职务。夜已很深了，我喝得半醉。就在这时，我猛地想起了安泰勒教授，心里一阵内疚。于是我们连夜赶到公园，高尔内留斯认识公园的主任，它答应天亮后即可办手续放出教授。现在，它先带我们去看看教授，可是教授的举止已和那些梭罗尔人一模一样，他根本不认识我了。即使我和他单独在一起，劝说他可以恢复正常了，可是他仍然毫无反应，只是恐惧、哆嗦，最后还发出了一声长长的嗥叫。

考　古

现在高尔内留斯是这个研究所科学研究方面的主人了，扎伊尤斯被免了职。姬拉担任了新所长的助手。我也不再起实验品而成为合作者，参加它们的各种研究活动。

一个月来我常到从前被囚的研究所大楼去，我要教会他们说话，但是没有成功。我走后，诺娃一个人孤独地打发着日子。它没有再给配上新的伴侣，这使我很感激姬拉。我无法忘记和诺娃生活在一起的日子，常常想念她，但是人的自尊使我再也没跨进过笼子。

一天，我正在教诺娃说我和它的名字，高尔内留斯和姬拉走了进来。它告诉我，考古家在一个很远的地方发现了罕见的废墟，并说我到那儿会派上大用场。我很高兴到梭罗尔别的地方去观光，便一口答应下来。

　　最近以来，高尔内留斯拼命地工作，从事着它的个人研究项目，而我只知道那是一个关于猩猩的起源问题。它在寻问为什么自古以来它们文明的发展一直那么缓慢。猩猩世界的文明仿佛是一万年前突然冒出来的，从此便几乎再没有什么变化。而从我对地球上人类的智慧及猩猩的善于模仿的描述中，以及它的研究中，它开始怀疑猩猩的文明开始于一种简单的模仿，只是现在还缺乏证据。

　　经过一个月狂热的挖掘和研究，我们失望了，因为这座史前的古城也和现在的城市差不多。一切都表明猩猩的祖先和它们的后裔过着相同的生活。可是一天早晨，挖掘工作则出现了重大突破，高尔内留斯从废墟中挖出了一个瓷娃娃，它奇迹般地被保存得几乎完整无缺。这是一个人形娃娃，而且和地球上的娃娃穿得一模一样。得过勋章的老猩猩认定这是一个小母猴的普通玩偶。可是高尔内留斯和我却并不这样认为。因为幼猴们的玩具从来没有瓷的，尤其是它们的玩偶从来不穿衣服。

　　高尔内留斯的脑子里产生了一个非常惊人的想法，我感到它现在已经害怕再把研究继续下去了，也许还懊悔对我讲得太多。于是，第二天，我便被飞机送回了研究所。

　　现在设想在一万多年前，梭罗尔上就已经有了近乎现代的人类文明已不再是荒诞的假想了。那么后来呢？可不可能是一些没有智慧的生物通过简单的模仿把这种文明延续下来了呢？一些生物学家曾经认为：在猴体中没有任何东西妨碍它们使用语言。我们完全可以想象，有那么一天它终于说话了，会说话的猩猩延续了我们的文字。经过大胆的进一步设想，我很快就相信了经过训练的猩猩完全可以延续我们的工业乃至艺术。

　　回来后，我病了一场，在床上躺了一个月。我倒并没感到什么痛苦，只是头脑热得难受，无休止地回想着我窥见的那个可怕真理的各个组成部分。然而，细想起来这一切是怎么发生的呢？难道是一次突然的巨变？意外的灾难？要不就是一方慢慢地退化，另一方慢慢地进步？我更倾向于这后一种假设。比如，它们对生物学研究为什么这么重视？我现在可知道其中的缘故了。从前，这里的猩猩一定像在我们的实验室里那样，大多充当人的实验品，正是这些猩猩首先起来反抗，成为革命的先锋。然后，它们自然便开始模仿平日观察到的主人的举止言行。那么人呢？……

我已经两个月没有见到囚笼里的旧友、同胞了。这天，我病好后来到囚笼大厅，心里有一种说不出的兴奋。现在我是用一种全新的眼光看待他们了。他们还认得我，而且对我含有一种敬意。他们的眼神中已出现了一种难以描绘的色彩，那是一种苏醒了的好奇。难道我尤利斯·梅鲁不正是被命运带到这个星球上来成为人类复兴的工具的吗？我在大厅里踱着，一个一个地问候着他们，克制着自己不至于马上跑向诺娃的笼子。可是当我走近诺娃的笼子的时候却发现笼子是空的，诺娃不见了。

诺　娃

我蛮横地叫来一个看守，它却说它也不知道人家为什么把诺娃带走了。当我见到姬拉时才得知真相，原来诺娃怀孕了，四个月后就将分娩。所以，她被秘密地隔离起来，由姬拉给以照管。

高尔内留斯也从考古现场回来了。当我问及它在挖掘地的最后一段生活时，它兴奋地说，好极了。它掌握了许多无可辩驳的证据。它们在一个墓地中找到了许多人的骨架。它说，现在它可以肯定地说在这个星球上确实存在过一种人类，一种像我们地球上一样有智慧的人类。但是这种人种退化了，重新退化到野蛮时代……此外，它还说了它回来之后，又在这里找到了新的证据。说如果有可能，可以带我去看一看。

因为我提出要看一看诺娃，所以姬拉就冒险偷偷地把我领到了诺娃单独住的小房子里。诺娃听到了我的声音，还没看见我，就站起来，把胳膊伸出了栏杆。我飞快地冲进了笼中，把她拥在怀里，向她诉说着，抚摸着这奇特的爱的结晶。她浑身战栗着，双眸闪出一种崭新的喜悦。她还蓦地叫出了我的名字，那是我教她练发音时告诉她的，我高兴极了。但当她背过身去吃我带去的水果时，眼光又变得晦暗呆滞了，这又使我很难过。

脑外科的奇迹

一天，高尔内留斯决定让我去参观脑外科。它把我介绍给这儿的主任——一头年轻的黑猩猩，名叫埃留斯。高尔内留斯有事先走一步，让埃留斯领我先参观一下一般的常规手术及结果。我只想参观一些手术的结果，都是一些大脑的某部分被破坏或切除后的人的奇特表现。正当埃留斯领我参观常规手术而使我无法忍受那种用人做试验的场面的时候，高尔内留斯回来了。他俩领我到了一个极其保密的房间，说要给我看一项最新的出色成果。

这里的实验品只有一个男人和一个女人。哑巴大猩猩助手给两个人实行了麻醉，他们很快地就睡着了。埃留斯将电极对准了男人头颅中大脑的某一点，于是那男人开始用猴语说话，尽管他总是重复着看护他的护士或学者们常用的只言片语，但已足以使我忍不住要惊呼了。接着它们要我看更为精彩的实验。天才的埃留斯用一种物理——化学的综合方法，不仅使那个女人恢复了个人记忆，而且恢复了对整个人类的回忆。

受到电流刺激后，女人开始说话了，也是用猴语。她叙述了猩猩队伍的壮大以至多到几乎和人一样多了。而且它们越来越狂妄，终于有一天，她被当仆役的猩猩推倒在街上。她说在实验室里也发生许多变化，那里一到晚上就传出喊喊喳喳的声音。接着，一只黑猩猩会说话的消息登在了《妇女日报》上，后来越来越多的猩猩都学会了说话，它们给语言派的第一个用场就是来反抗我们的命令。

女人的声音停了，接着是一个男人用教训的口吻叙述道："头脑的懒惰侵蚀了我们，我们不再读书甚至连看小说都觉得费事……而猩猩们则在暗暗筹划着，它们的大脑在思索中得到了发展。"

停顿了一下，又换了一个忧伤的女人的声音："这头猩猩到我家已经好几年了，一直忠实地为我服务，可是它慢慢地变了，学会了说话，什么活都不干，经常出去开会。最后终于反客为主了，我只好让位，从家里逃了出来。许多和我同样命运的男女挤在城外的营房里，过着悲惨的生活。"

接着又换了一个男人的声音叙述了他为做抗癌药物试验，准备先给猩猩注射致癌剂，结果反被猩猩注射了致癌剂的事情。接下来又换了一个女人的声音叙述了自己是怎样从一个驯兽师而被返变为一个受驯的对象的事情。过了很久，女人又开始讲起来："现在它们已占领了全城。我们只剩下几百人住在城外，最后终于又被赶到了热带丛林里……"

星际婴儿

埃留斯由于保密不严，使外界知道了让人开口说话的事。另外，报界也就发现古城遗迹进行了评论。一些记者差不多已经快猜测到事情的真相了，居民中产生了一种不安的情绪，对我也产生了戒备心理。扎伊尤斯派话里话外把我说成是一个捣乱分子。

就在我面临着危险的时刻，诺娃生了一个男孩，我有孩子了！婴孩的容貌和目光都闪耀着智慧的光芒，将来必定是一个真正的人。诺娃也由于做了母亲而在进化的台阶上跳了好几级，她的面部表情已经蕴含着文明的精神了。

走投无路

安泰勒教授开始是住在为他争取到的舒适住房里，可他却已不适应这种生活了，最后又不得不把他送回笼子里，并把在动物园里同他睡在一起的那个姑娘还给他做伴。这下他才重新变得快活起来，恢复了健康。今天，我又来看他，并千方百计地去和他交谈，但仍然毫无进展。这时高尔内留斯在我身后说："你看见了，思维是可以消失的。"

它来是找我进行一次严肃的谈话的。于是，我跟它到了它的办公室，姬拉已等候在那里了。原来它得到的可靠消息说，最高议会就要对孩子做出隔离的重要决定了，因为它们怕孩子将来成为这里的祸害。还说，危险的不光是孩子，还有我。它们怕我把这里的人搅得不守本分。所以，再过半个月，最高议会将决定把我除掉，或者，至少以实验为借口切除我一部分大脑。甚至，诺娃也不会被放过。这时姬拉又对我说，到何时它们都不会丢弃我们，并决心救出我们3个人：高尔内留斯已做好了安排，他说10天以后，它们要发射一颗载人卫星，以测定某些射线的作用。预定载3个人。一个男人、一个女人和一个孩子。而我们一家三口正可和他们偷梁换柱。它的一些负责发射的科学家朋友将会帮助我。

后来，一切都按计划实现了，我操纵着卫星，慢慢地靠近我们来时停放在梭罗尔星重力轨道上的飞船，并顺利地滑进机舱。我又乘上了飞船，航行在宇宙中，像一颗彗星朝太阳系滑去。不过飞船里不止我一个人，还有诺娃和西里尤斯——星际爱情的产物。他已经会叫爸爸、妈妈，会说不少话了。

这天早晨，我发现太阳遥遥在望了，心里激动万分！今天，西里尤斯讲话已经相当流利，诺娃也与他相差无几了，她和孩子是同时学会的，这是母性的一个奇迹。太阳每时每刻都在变大，用望远镜已经可以看到地球了。现在，我们越来越驶近地球，不用天文镜就已经分辨得出陆地，我们进入了地球的卫星轨道，又回到了故乡的身边。

我们最后下到飞船的第二个小艇顺利地降落到祖国的奥利机场。候机楼里一辆汽车朝我们驶来。车驶近了，是一部相当老式的小卡车。阳光斜射在汽车的脏玻璃上，隐约看得出里面有两人，一个是司机，一个穿一套制服，像个军官。卡车在离我们50米的地方停了下来。我抱着儿子下了飞艇，诺娃也迟疑地跟了出来。那两个人下得车来，朝我们走来，整个地暴露在阳光之下。诺娃突然惊叫了一声，从我手里抢过儿子，飞快地跑回小艇。我这时才惊讶地发现，走过来的军官竟然是一头大猩猩！

尾　声

菲丽丝和吉恩终于读完了手稿。可是，它们却认为这不过是写诗罢了，完全是作者的夸张，它们怎么也不相信会存在有智慧的人。吉恩把帆张满准备回去了。因为要回港了，菲丽丝随手掏出粉扑，在她那可爱的雌黑猩猩的嘴上又加了一层淡淡的红晕。

（张岩　缩写）

国王与玩具商

〔德国〕沃夫根·契杰克

很久以前有一个国王，他极其富有，权力遍及四个太阳系以及方圆20光年内的所有天体。国王有两个年龄接近、相貌酷似的儿子，当他们还很小的时候，宫里住着一个古怪的老人，他是数学家和物理学家，掌管宫里的电子系统和计算机中心。这位科学家把全部精力都放到自己的专业中，从不参加宫里的社交活动。自从他那年轻的妻子在一次飞船失事中身亡之后，他就更加深居简出，像隐士一样地生活，连吃饭、睡觉都不离开科学仪器和计算机。宫里的人谁都不把他当回事儿，但这对他似乎无所谓，唯有两个王子真心喜爱他，把他当作好朋友。两个王子最喜欢听老人给他们讲关于过去和将来的故事，他讲那些遥远的、不为人们所知的国土和陌生的居民，能详细地描绘出那里的城市、街道、广场、宫殿、集市，以及居民们的衣着、语言和风俗习惯，就好像他曾去过那些神奇的地方似的。

王子是老人的常客，他们时常发现老人在实验室里，独自对着图纸沉思或忙着摆弄一些复杂的仪器，一看到他们的到来，便卷起图纸，和他们聊天。一天，两个王子突然发现他们的朋友明显地老了，过去他的身体一直很好，可现在他的头发灰白了，脸上起了皱纹，眼睛显得疲倦，变得健忘和心不在焉。直到很久以后，两个王子才找到这种变化的原因，原来老人搞出了一种新仪器，他可以凭借这种仪器作时间旅行，他已经在时间路的其他各点度过了许多年月。

一年年地过去了，两个王子都已长大成人。一天，老人一病不起了，他知道自己活不了多久，却显得很幸福。他把两个王子叫到床前，用微弱的声音向他们揭示了自己的秘密。可不知为什么，他用生命中最后的一点儿气力毁掉了他亲手制作的那台奇特的机器。好在还有草稿、蓝图及图解留下了，头脑聪明的人可以按照图示将机器重新复制出来。老人死后，两个王子开始琢磨这些复杂的图纸，它实在太难了，老人的图解就像他讲的故事一样离奇而荒谬。不过，由于他们听过他的故事，比较容易揣摩出他那古怪而不合逻辑的思维方法，终于有一天，这台奇特的仪器被他们复制出来了。机器的形状好像一面镜子，当镜面闪动着光波的时候，人们就可以走进去进行时间旅行了。不过，想走进这个镜子中的人，身上必须携带一种特殊的、能够使他穿过镜后能场的仪器才行。这种东西形状就像一枚好看的别针，由很小的银叶和无数细小的水晶石镶成，它们都是按照极复杂的线路联结在一起的。

有一天，哥哥成功地消失在镜子中，一会儿的工夫，他又被弹了出来。他感觉到被镜后一股无形的急流冲走，头脑有点晕眩，什么东西也看不清，空间弥漫着不可渗透的奶白色。好长时间内，由于不知如何有效地操纵这个别针状的东西，他们即使能在机器的时场内运动，也无法预知和控制被逐出的点。有一次哥哥在时场内消失了六天，他的兄弟为了掩人耳目费尽了心机，多亏他们俩容貌酷似，总算未被人发觉。

后来，出现了继承王位的问题，老国王想在临终前把它安排停当。根据长子继承制，将由大儿子继承王位，不幸的是，小儿子一心想统治王国，而他的哥哥对科学的狂热远远超过了权力欲。就这样，一向形影不离的兄弟渐渐疏远了，哥哥愿意自动放弃王权以结束这场丢人的争吵，但老国王不同意，他认为应该恪守传统，这样才不会助长贪婪。弟弟觉得受了委屈，对哥哥愈发妒忌起来，宫廷内的一些奸臣不时地给他一些暗示，让他设法把哥哥干掉。这一段时间，哥哥正在专心地研究如何在时间中显形以及如何除掉时间封锁障碍等问题。有一次，当哥哥步入镜中进行实验的时候，弟弟偷偷地溜过来，把时场能量开到最大。突然金属线被烧毁，机械被烧坏，最后镜子也爆炸了。时场被毁掉了，被超高功率输送器带到时间路上某个遥远地区的哥哥，一下子被甩到了远古时代。

老国王死后，小儿子继承了王位。但他生怕某个时候哥哥会神奇地出现来报复他，所以每天都在心神不安中过日子。他只有在屋内灯火通明时才能入睡，并时常从睡梦中惊醒，吓出一身冷汗。小国王继位后，首先修好了那台时间仪器，并组织了一支警卫部队，沿着时间路巡逻，搜寻一切可疑的踪迹。小国王坐在密封的宝殿里，门窗都用原子能屏风保护起来。别说是袖珍战列舰或是遥控的针型榴弹，就是一只小昆虫、一粒灰尘也都会被原子能场所瓦解。国王身旁站着他的私人安全大臣和未来学家柯林斯，他们静候在巡逻用的时间镜前，卫兵们不时地从那里出出入入，随时向他汇报最新情况。

再说当年被甩到远古社会的大王子，当时他被一股微波推动着，好像卷入一团旋涡，几乎失去了知觉。他不知道究竟发生了什么事情，但他明白他已被带到远古时代，这是一个技术尚不先进而又充满动乱的时代。视野所及，四周的农田杂乱而又难看，小溪的底部躺着两具被切断手足的男尸，显然是遭抢劫而丧命的，另一边还有一辆被捣毁的车厢，它完全是木制品，用铁螺栓等固定起来，操纵系统十分原始。根据这些迹象推断，这个时代肯定不会有巨大的电能、电子设备、精密仪器和高质量的原材料，王子明白他将无法脱离这个时代，只能等待来自未来的援助。他相信：弟弟会想尽办法前来搭救他的，不过，他们寻找起来一定相当困难，他得设法发出个什么信号。

开始的一段时间里，王子过着野人般的生活，在死尸堆里寻找些肮脏的食物，喝从地下掘上来的水。有一天，王子从一个死亡的士兵身上发现两封信，信上的日期是1619年，这使他十分吃惊。这么说来，他差不多倒退了1200年！是什么能量把他输送到这么远呢？他知道，如果不是连续地增强场能的话，不会产生这么大的能量。他渐渐地明白了，一定是有人做了手脚，除了他的兄弟还会有谁能做到这一点呢？

从此，王子借用了一个死者的名字，他变成了威斯林格。在那个混乱的年代里，他学会了许多种语言，学会了打仗及种种粗野的习俗。不久，他从言谈到举止都成了一个地道的17世纪人。他也学得聪明了，学会了如何去掠夺，如何设置圈套，如何以欺诈、奸计和暴力来保护自己。尽管他经历了巨大的变化，但他确信重返家园的念头不是梦想。他身上带着那只"别针"，使他觉出时间流中的水晶屏震动了，这就意味着会有时间旅客，他也就有了冲破时间阻隔的希望了。他定居在南方一座城池坚固、远离战火的小城，用金子买下一所小房子，开了一间作坊，制造出各式各样灵巧的玩具，有时拿出去卖，有时送给过路人和市民。威斯林格玩具商制造的这些小玩艺，绝不仅仅是为了换几个钱花或者送给别人以讨个人情，他已把他制造的、可以生存1 200年以上的机械布娃娃送上了时间路，这些布娃娃蹦蹦跳跳地来到了国王的宫殿里。国王陛下在王宫的宝座上，有时竟可以看到满屋都是布娃娃。它们从四面八方爬来爬去，它们用毫无表情的塑料面孔，用那珠子般的玻璃眼珠恶狠狠地逼视他，小小的手中不是挥舞着针一样大小的匕首，就是用微型激光枪瞄准他。国王惊恐万状，想找个洞钻进去躲一躲，要不就想扯开嗓子大喊几声，并向四周放它几枪。

国王陛下已经命令柯林斯指挥他的部队，沿着时间路去搜捕这个玩具制造商。柯林斯率部来到17世纪，建立了7号基地。他们追捕布娃娃，并用炸弹干掉了一个，发现那个玩具只不过是一种非常简单的弹簧驱动装置而已，就像人们可以在那个时代看到的钟表和八音盒一样。他们对玩具制造人威斯林格的情况也有详细的掌握：此人生于1594年，开始学做白铁匠，后来跟一个钟表匠当学徒。此后的5年中爆发了战争，他被征兵官捉去强迫服役，后来便加入梯利一伙人中一道生活。这一段情况完全是那个真正的威斯林格的经历，但是他在那次兵火之灾中被刺死，王子如何借用了他的名字，柯林斯并不了解实情。柯林斯接着描述道：他在1623年出现在当时叫欧洲的一个小城里，办了一个作坊，用全部精力制做钟表和机械玩具。他很受人尊敬，但他很少与人交往。他远远避开左邻右舍老处女们布下的情网，几乎足不出户，一有时间就钻研图纸，修理那些机械玩意儿。总之，这个玩具制造商没有什么特别之处，他只不过是生活在一千多年前的一个普通的工匠而已。

此时，威斯林格正在等待着从未来世界光临的时间旅客，虽然他足不出户，但他作坊的对过是一家红牛客栈，从那里出出入入的人，一个也逃不过他的眼睛。夜里，更夫刚打过12点，一辆由两匹高头大马拉的车转过街角，在红牛客栈前停住了。两个男人从车上下来，和红牛客栈的老板攀谈起来。老板想把贵宾迎入客房之内，但陌生人显然不打算住店用膳。他们只是向老板提出一系列的问题，似乎要找某个人，老板频频地点着头，用手指着威斯林格的作坊。老板得到一枚金币的赏钱，陌生人便向作坊走来。玩具制造商把这一切都看得一清二楚，他会意地哼了一声："哈哈，时间到了。"

陌生人深夜拜访了威斯林格，他们参观了他的作坊，看了他制作的八音盒和能跳舞的小娃娃，似乎并没引起多大兴趣。后来客人的眼光停留在一座更古老年代的座钟上，这是威斯林格的一部杰作，外表精美漂亮，但走时不准。表盘上分成16个小时的间隔，似乎是为了计算另一个时间用的。威斯林格用了整整3年时间才装置了它，它有五根表针，每根表针以变速和变向的方式沿着各自轨道运动。这座钟可以告诉你天体间最难确定的距离和星座的位置，但不能告诉你一天的时间。陌生人对这个离奇古怪的钟虽然很感新奇，但认为它不过是病态思想的产物，不值得去认真研究。陌生的客人走了，他们顺便买走了玩具制造商的一个布娃娃，给他扔下了很多的金币。望着马车渐渐远去的背影，威斯林格从一个很隐蔽的地方拿出一个小巧玲珑的布娃娃，对它仔细地看了最后一眼，然后上紧发条。那布娃娃醒了过来，伸了伸腰，威斯林格对它喃喃地说："你能干这事，你要穿过数千年，并把信息带给我。"那小娃娃谨慎地向四周了望一番，然后一步蹦到街上，像影子似的一掠而过，消失在黑夜中。

威斯林格开始忙碌起来，他干了一些奇怪的事情。他用特制的工具打开那座大钟，拆下指针，又撬起表盘。他换了一些零件，紧紧金属线，连接方式也做了调整，随后他测量了表针之间的夹角，才去上发条。这时，空气中发出了噼噼啪啪的爆裂声，火光沿着金属线掠过，整个屋子笼罩在一片怪诞的光亮之中，这表明他和时间路联系上了。

又一天夜里，更夫刚打过11点。一辆由两匹高头大马拉的车转过街角，在红牛客栈前停住了。威斯林格站在窗前向对面望去，一个小人从车厢里跳了出来，飞也似的直奔玩具制造商的大门而来，它一步跳上窗台，抬起金属制的小脸望着威斯林格，恭敬地鞠了一躬。威斯林格向车夫示意，车夫拉开车门，从里面拽出一个长长的、沉甸甸的包袱。车夫费了好大的劲儿，蹒跚地把那个包袱背到作坊中来。包袱里装的是一个人，他昏迷了过去，但一会儿就会醒过来。威斯林格对这个人仔细地看了看，笑着说："他发胖了。"他摘下假发，去掉灰白的胡须，几下子就换了一副模样，跟床上那个昏迷不醒的人如同一人了。威斯林格转过身去卷起桌上的图纸，放到火中烧掉了，又拎起一把锤子，朝大钟砸过去。

　　威斯林格带着他的布娃娃坐到了车厢里，车夫对他强调："你必须扮演我给你描述的角色，每个细节都十分重要。"然后车夫具体地告诉了他应该说些什么话，应该做出什么样的姿势等等保持身份和风度的问题。他们来到了国王陛下设在这里的第7号工作基地，点起了一把大火，火光把整个基地吞没了。车夫拉着威斯林格一前一后地走入车厢内的一面镜子之中。

　　威斯林格回到了王宫中，他就是当年被弟弟打发到远古时代的王子，如今，他坐到了御座上，成为主宰四个太阳系及方圆20光年内所有天体的国王。在他的身旁站着的大臣是柯林斯，那个从遥远的17世纪接王子回来的车夫正是他扮演的。

　　原来，这一切都是扮成威斯林格身份的王子精心设计的，他先是向未来世界发出了机械娃娃，它给王子招来了援助。然后王子制造出一个可直接与时场相连的装置，借助这种装置，他可以建立一个原始的电子系统，以确定时间路上的活动，以及规定甚至交换封闭的位置。王子利用时间断裂和错时现象，曾对国王的私人安全大臣柯林斯下了命令，让他在出现时间封闭的那个当口，小心地摸到国王的御座前，用一种味道浓郁的香精，使国王进入酣睡状态，随即穿过时间镜，把他带到17世纪，丢到威斯林格作坊中那张破乱的床上。

　　再说那位留在17世纪的国王陛下，在人们的眼睛中他就是威斯林格。一夜之间，人们发现威斯林格就像变了一个人，他连最简单的钟表也装不上了，并时常受精神错乱的折磨。他经常满口胡言乱语，失去了以往的恭谨，还傲慢无礼地命令人们称他为陛下，于是招来一阵痛打……至于威斯林格最终的结局，正像柯林斯大臣所掌握的情况那样：某一天，他喝个痛快，然后用绳索套住脖子，就此了结一生。

雪　人

〔苏联〕阿·别里亚耶夫

帽子上的小鸟

　　这些淹埋在古罗马式建筑中的古罗马"留特其亚"时期的废墟使人叹为观止。在那些如今残缺不全的石椅上，昔日的观众曾在上面狂呼鼓噪，为嗜血的娱乐叫好，那个地下游廊的黑坑曾是咆哮的饥饿野兽通向舞台的出口……它周围那些烟囱林立、门窗栉比的平庸的巴黎楼房以淡漠的目光看着昔日伟大奇迹的不幸的废墟。……

　　一伙游人停下脚步。

　　他们是三个人：阿拿多里，一个10岁左右的孩子，瘦瘦的，黑头发，长着一双沉思忧郁的眼睛；他的伯伯别尔纳特·德·特鲁阿，"丝绸大王"；还有他的妻子克拉吉丽达。正是因为克拉吉丽达执意要求，她的丈夫才抛开身边的急事作这次"科学旅行"的。这位年轻的女人最近有了新的兴头——热中起考古来了。

　　特鲁阿太太被这奇观迷住了。她的细鼻孔颤动了一下。有好几次她下意识地摘下灰色的丝绸帽子，用手拢拢梳过后仍不驯服的头发。在那顶帽子上装饰着一只白色的小鸟。

"应该让这些石头说话，"最后她喊道，"我们错了，应该在夜间，有月光的时候到这儿来。月亮能够召唤过去往事的生命，那在我们面前就会出现奇异的场面。我们能听到'特朗贝特'——罗马军乐小号的声音。其中伴随着的如雷的声响会把我们引到敌人逃跑的境地。……军号高奏，而那些渴望吃到人肉的饥饿野兽的吼叫与之应答，我们就能像凯撒一样看到这些……啊，噢……"

克拉吉丽达·德·特鲁阿怪叫一声，一件意料不到的事突然打断她充满诗意的遐想。

这时有一位25岁光景的人，神不知鬼不觉地来到她面前。这是一个高个子，具有像希腊神话中的大力士赫尔库力斯一样体格的人，在他紫铜色的脸膛上长着淡褐色的胡须。他突然出其不意地从她的丝帽上抢去了白色的小鸟，把它扯得粉碎，并且莫名其妙地用手把充填小鸟用的棉花撕成一绺一绺的。

他的眼睛……克拉吉丽达尽管看见过所有使人惊异的事情，但是她没有看见过这样一双眼睛，它们令人惊异的深湛，光彩耀人。在这双眼睛里闪烁着某种神奇的光。这并非无理智的光，而似乎总有点非常奇怪的东西，这是她无论何时也未曾遇见过的。在他的眼神里既有野兽的机警也有孩子的天真。这个突如其来的人，他的外表应该说是漂亮的，假如不计较他的眉突有些高，眼睛深深凹下去，鼻孔有些宽大的话。他没有戴帽子，长长的、密密的淡褐色头发覆盖着他的脑袋。

所有的人都因这个突如其来者的出现而目瞪口呆。稍过一会儿，别尔纳特·德·特鲁阿向他走去，冲他挥挥棍子。他咧开嘴露出坚固、漂亮的牙齿大笑起来，把这当作是个游戏似的，他好像是要故意刺激一下德·特鲁阿，跑到他跟前机灵地躲开他的棍子，轻盈敏捷地舒展猿身豹体。

这时从街上跑来一个人，挥着手：

"亚当，回来！"他喊着，好像唤一只狗。

这位淡褐色头发的巨人不乐意地但还是驯顺地停止了恶作剧，走开了，隐约听见骂着什么到一边去了。就在同时，从街上的另一角跑来一位警察，他被喊声吸引到这里。

"请原谅我。"那个召唤亚当的人好远就挥着帽子喊道，"请您相信，这绝没有什么恶意，请允许我介绍……我是在索尔蓬纳任教的考古学和古生物学教授阿夫古斯特·里克温。而这个亚当……就是亚当……我马上向您解释……"

但是盛怒的"丝绸大王"什么也听不进去。

"简直不像话！侮辱妇女……"

"请让我解释一下……"

"不须任何解释！"德·特鲁阿伸出因激怒而颤抖的手把名片递给警察："这是我的名片和地址，请记下这些，先生们，请他们在法院恭候。我们走吧！"

他挽起妻子的胳膊，向阿拿多里点点头，让他跟着自己很快地走向等候他们的黑漆小汽车里去。当漂亮的小轿车飞驰上路的时候，阿拿多里以孩子的好奇心和惊恐不安的表情回头看了看那个从他伯母的帽子上扯下小鸟的怪人。

不愉快的拜访

里克温教授从意大利式街心公园转到毕莱——维里大街，慢慢地走着。离开喧闹的街心公园后，一下子感到这条街静得出奇。这是庙宇般的静寂，确切点说是——金体庙。这里住着百万富翁们。阴森高大的楼房，它的低层的窗子都安有栏杆，以一种不友好的眼光瞧着稀少的行人。

"好像就是这里……"里克温教授激动地按了一下电铃的钮，电钮安装在一个青铜狮子头部张开的嘴里。阴郁的守门人慢腾腾地打开门，把教授让到前厅，在门口放着花卉和站着一只大熊。守门人通知了上面。

从铺着深红地毯的宽绰的楼梯走下来佣人，里克温递上自己的名片。

"德·特鲁阿先生在家吗？我想因个人的事拜访他。"

"德·特鲁阿先生只在星期四和星期六上午九点二十分到十点接待私人来访。今天您只能见到他的秘书。"

就在这时从楼梯上走来克拉吉丽达·德·特鲁阿，她穿着灰色的大衣，戴着灰色的丝帽，在帽檐上仍然装饰着一只白色的小鸟。里克温向她鞠了一躬，躲到一边，给她让开路。

克拉吉丽达热情地向他答礼，她认出了里克温教授。

"是里克温教授！您找我丈夫吧？他不在。是什么使您光临啊？不会是为我帽子上的小鸟的事吧？您看，小鸟又回到它原来的地方了，一切都好了。"

"我确实是为了来向德·特鲁阿先生谈谈发生的那件不愉快的事情的……"

"算了，和我谈好了，反正'受害者'是我，又不是我丈夫。这就是说，这件事完全是我个人的事，请跟我来，教授。"

仆人赶忙走近里克温，恭敬地帮他脱下大衣。

里克温勉强才能跟得上克拉吉丽达，她上楼梯走得好快。

当里克温和克拉吉丽达在客厅的柔软的沙发上坐下后，克拉吉丽达友好地微笑着对克里温说："我们的相识倒有点新奇，是吗?"

"是的。"他茫然若失地回答，"是有点新奇，对您对我都有点不那么愉快。警察做了肇事记录，事情还要搞到法庭上去。"

"真是愚蠢。我告诉丈夫了，一切都算了，我们不要再谈什么法院、肇事记录和警察的事了。这些话怪刺耳的。"

里克温的心情稍微轻松些了。

"我可非常满意，"克拉吉丽达继续说，"正是这件事使我能有这次有趣的相识，我读过您的关于原始人的书，我是很喜欢的……"

里克温忙着欠身答礼。他无论如何也没有料到在这里还有他的科学著作的崇拜者。

"教授，请您告诉我，这个从我帽子上扯去小鸟的年轻人，是否就是您最近在喜马拉雅山考察时抓到的野人呢？所有的报纸都登过这件事，我是多么想看看这个鼎鼎大名的人物啊！"

"是的，就是他。野人，或者更确切地说是雪人，我在喜马拉雅几千公尺的山上找到的。"

克拉吉丽达很快地做了一个手势。

"这可真有趣……"

"确实，这个雪人有着不平常的科学价值。他不是一般的野人，这是一个意外地保留下来的已经消逝的人种的同类者，他是几千年前生活的人的代表，我甚至敢断定，他是欧洲人的始祖。"

"您称他作亚当，是吗？"

"这本是跟他开玩笑的名字，后来也就离不开了。这是一个非常有趣的原始人同类者。但是……"教授叹了口气："您可知道他使我操了多少心，给我带来多少麻烦哪！开始的时候，自然，我是不会放他随便跑的。对他就像对待动物那样训练，当他开始有点'文明'了，我就带他去散步。他紧跟着我，很听话，好像一条狗一样。"

"当我第一次带他进留克塞姆布尔戈公园的时候，他野性发作，狂喜起来。我还没来得及寻思过来，他已经爬到树上高兴地大叫起来，吓得那些正在玩耍的孩子们惊叫、哭喊着跑到一边去了。守门人为这种亵渎行为吓得呆若木鸡。另外一次亚当跑到封达那·卡尔诺游泳池去了，他想游泳。在沙戈拉西亚广场，骑上了一匹马，把一群看热闹的人吸引到自己身边……"

克拉吉丽达笑了，她很有兴致地听着。

"有一次我带亚当坐马车回来，他抱怨走得太慢了。他抓过车夫的衣领，把他推下座位，一个人一个箭步骑在马上，让车子拼命跑起来。"

克拉吉丽达笑得更响了。

"我不用多讲了。整天我的脑袋让那些肇事记录呀，罚款呀，法院诉讼呀搞得晕头转向。我和他住的沙姆波立欧恩大街简直骇人听闻了。最早是索尔蓬纳当局替我解脱了灾难，有时给我帮助的还有教育部。但是他们终于也感到厌烦头痛了。幸亏亚当的野性逐渐消失，变得老成持重些了。他已经会说不少法语，但是就在这三天前又对您作了这件不愉快的事情……"

"再不要提这件事了，亲爱的教授，您快点讲一讲是怎样从他生长的山里弄到这个两条腿的野家伙和把他运到巴黎的。"

"我给报刊准备了旅行日记。假如您感兴趣的话，我可以给您先看看校样。"

"亲爱的教授，我是多么感激您！您明天一定送来。"克拉吉丽达兴奋得忽地从沙发上站起，握着里克温的双手说。

里克温教授的日记

第二天清晨，女佣人把邮包送到克拉吉丽达眼前。

"这是日记！"克拉吉丽达喊道："玛丽，我今天谁也不接待。"

当女佣人走了之后，克拉吉丽达急匆匆地撕开大信封，把自己深深地埋在沙发里读了起来：

6月11日。当我被派遣到喜马拉雅山去探险时，我的一个同行开玩笑地希望我在那终年积雪的冰峰上遇到一个我的同名人。这个祝愿并没有实现。"雪中住宅"对我并不显示出好客的姿态。我这次旅行从科学角度来说是并不成功的。

我的旅行是从喜马拉雅山南麓开始的，那里同印度的阿萨姆邦相毗连，山的低处覆盖着茂密的热带植物，是虎、象、猩猩栖息的好地方。这里所有的色调都极鲜艳，从金黄色到深蓝色，花和鸟的羽毛的颜色更是五彩缤纷了。鹦鹉、野鸡，要是雄的，它们的色彩就更是惊人的美丽了。若不是这里昆虫如云和山脚低洼处的成片沼泽，以及无论黑夜白天的讨厌的潮湿，这个地方可以算得上是人间的乐园。

在海拔1 000公尺高的山地景色更为漂亮，这里长着熟悉的欧洲植物——橡树和野栗。

2 500公尺以上则是针叶林的王国，而从5 600公尺起可就是真正的"雪国"了，这里只有熊和山羊偶尔跑来。站到六七千公尺的高处感到非常可怕，在冰冷的空气中艰难地呼吸，从这里俯瞰绿色的山景和影影绰绰的热带植物，真使人惊叹不已。

但是，我到这里可不是为了欣赏自然景色。我要找到"自己的同姓人"，寻找那些百年、千年、百万年前居住在这"雪国"的人的踪迹，但是，我的探索毫无成果。喜马拉雅山用厚厚的冰层掩盖了自己的秘密。

在这里旅行是极为困难的。山崩地陷，夜里难耐的严寒，没有一点燃料，没有一块木柴，也没有一点灌木，有的只是雪、冰和永久的沉寂。

向导们都抱怨起来，当一个向导掉下悬崖摔死以后，他们中的许多人都离开了我。最后只剩下三个人了。靠他们打碎冰层挖掘古生物简直不可思议。剩下的人只能是靠大自然的恩赐了，渴望由于山岩坍塌、雪崩而露出原始动物的骨骼。但是命运并没有给我这样幸福的机会。我已经考虑空手而归了。

但是今天早晨我却得到了一切犒赏。可以想象，我的发现会在学术界引起多大反响啊！

事情是这样的。

清晨，我独自一人背上背着自动步枪在冰封的山岩中走着。

拐到山崖后面，我看见了一个东西使我不由得战栗。我还以为自己产生了幻觉，在离我二十步左右的山崖旁背朝我站着一个两脚直立的"动物"，这是我叫不出名的一个东西。他古铜色的身上只围着兽皮做的像披肩似的东西，系挂在左肩上。茂密的头发使得他的脑袋像个草垛。他的双耳能转动。他的双臂和露出的皮肤下还有右肩胛上筋肉在滚动，好像一个个肉球。他裸着双脚站在冰天雪地里，好像踩着嵌木地板似的。他手里举着一个巨大的冰块，却一点也不妨害他的活动。这时他正身子向前探着，似乎在下面发现了什么。最后，他瞄准了时机，像野兽似的吼叫一声，将冰块向底下掷去。

与此同时传来了熊的绝望的吼声。这个双脚"动物"又弄碎大冰块把它向下面掷去，接着他吼着跑下去了。

我跳了几步站到了他的位置。

在我眼前展现了一幅新奇的画面，好像到了冰河期一样。

在一个不大的冰谷底部一头被折断脊梁的野山羊躺在血泊中。在它旁边用双腿站着一只头部已经血迹斑斑的熊，它声嘶力竭地吼叫，前爪向上蹬，嘴里血流如注，淌在浅蓝的冰上。而迎着它，一个手里举着大冰块的双腿"野兽"却无畏地走来了。

为什么双腿"野兽"这样着急？为什么他没有从自己安全的山崖上把熊打死？是因为饥饿得克制不了野山羊这一美味对他的引诱吗？或者是认为熊并不是可怕的敌手？谁能弄明白这个厚厚的头骨里面的思想

呢？

两个敌手很快碰到一起。当距离只有半米左右时，双腿"野兽"向熊扔出自己的冰弹，一下子就击中了熊的左眼。熊坐下来，痛得大声嗥叫，用爪子擦着自己的嘴脸。

但是，在这个时候，当对手看见熊在保护自己的眼睛，就纵身一跳，而熊也尽量克制疼痛，断断续续地叫着，重新全身直立做出防卫的架势。双腿"动物"停下来，有几秒钟他动也不动。之后，他慢慢地走近瞎眼熊。熊也开始冲着他来的方向四周转起来，好像两个要决斗的勇士。

我等待着他们打个交手仗，但结果却不是这样。

转到第三圈的时候，这个双腿"野兽"和躺在冰上的山羊并排在一起了，他迅雷不及掩耳地用坚实的牙叼着山羊的耳朵，像猫一样敏捷地顺着冰坡爬上去，带走了自己的战利品。

熊忘记了自己的重伤，以加倍的怒吼追赶自己的敌人，因为他抢走了自己美味的早餐。但是攫取者早已跑到高出4米以上的地方了，熊只能用爪子对着冰的斜坡无能为力地发狠。

我很赞叹这个双腿"动物"的勇敢、灵敏和机智——难道不正是这些品质才使他成为自然界的主宰者吗？我在考虑如何使我不和这个巨人正面相遇。突然野兽的惨叫声震荡整个山谷，我看见双腿"野兽"带着山羊连同倒塌的冰块一同落到下面去了。双腿"野兽"的身子摔倒了下去，冰块砸在他的腿上，熊带着胜利的呼号扑向这个蒙难者。但是这个双腿"野兽"并没有投降，他仰面朝天地躺在地上，用双拳对付熊的那两只伸出的大熊掌。

但是他的处境几乎是毫无希望了。熊已经撕破他的右臂，又用它锐利的爪子去抓左肩了……方才表现得异常勇敢的两腿"动物"现在因恐怖和疼痛而狂叫，这叫声只能是野兽才会发出的。

我一瞬间举起自动步枪，瞄准了熊的脑袋，冒着打死双腿"动物"的危险，勾了扳机。

很响的枪声在山中轰鸣，山谷中多次传出它的回声，很快又平静下来。熊被一枪毙命了，它的身子倒在敌手身上了。庞大的躯体压在了双腿"动物"的身上。他是否还活着，我的双腿"动物"？

我记不得是怎样跑到谷地的。我抓住熊的爪子使劲地拽，但是都是白费劲。我，一个用强大得能给以致命打击的武器武装起来的20世纪的巴黎人，双手却显得太软弱了，用它们摆弄书本还可以，对付这熊的躯体就太无力了，我只能做到把不幸者的头部解脱出来。他还活着，而且还没有完全丧失知觉。他用那双深邃的、炯炯有光犹如明灯般的眼睛看着我。

我一枪将熊击毙的炸雷般的响声，这，为了两腿"动物"而采取的意外行动，理所当然地给了他以强烈的印象。

同时我也没有弄错，他明白主要的一点：我也是个双腿"动物"，是来帮助他的。我从他的眼神看出了好像感激的东西，是人对人的感激。动物之间也会有感激的东西，但是野兽的目光里是没有这样的东西的。野兽不会这样看的。是的，这是人，是野人，是前所不知的绝种的原始白种人，他确实是人。

当时要确定这个是没有时间的。应该赶快求援。幸好我没有放光所有的子弹，我又开始射击，之后就开始呼喊，很快听到了回答。我的向导们急忙向我跑来。

靠他们帮忙，把"雪人"从熊的身躯和冰块中解救出来了。虽然他的伤口鲜血直流，但他一声不吭，透过被损伤的肌肉看得见他的肩骨，看来腿也骨折了。我给他作了包扎，然后我们极为小心地把这个"宝贝"送到了我们的住地。

我对亲兄弟也不过如此照顾。因为我明白，这不是普通的人。很可能他是在世界上唯一存在的人类远祖的同类者。一系列无可争辩的特征表明了这一点……当那些向导们躲开时，我喊了他们。我在心里剖析着他，测量他的脑容量和量着他的面角。

很显然这不是荷兰医生杜伯亚在33年前找到的爪哇直立猿人，这种直立猿人接近猩猩的程度超过接近人，他已经在百万年之前就消逝了。这不是海得尔堡人（第四纪前期化石人的一种类型——译者注）——一种人与猩猩的中间型。他也不是冰河时期的尼安德特人（是旧石器早期和中期的，北京猿人和现代人之间的一个阶段的猿人——译者注），因为尼安德特人显得矮小多了。他多半是克罗马努人（旧石器时代后期的人种，属于现代欧洲人种），他是西欧人的始祖，或者确切点说，西欧人是保存这个祖先特点的后裔。他是活的克罗马努人。我的同行会怎么说呢？整个学术界会如何讲呢？这可是最珍贵的"独角兽"啊。我可以大显身手了。

日记的继续

6月13日。我的亚当，我这样称呼这个野人，恢复得真快，远远超过我的想象。和熊作战后的两天来，他一直处在寒热病中，没有知觉，呻吟着，竭力要起来。我们费了好大劲才把他按在床上。说实在的，我已抑制不住，我利用他无知觉的状态做了人体测量研究。他的脑容量是1 175立方厘米（大猩猩是——490立方厘米，现代欧洲人是——1 400立方厘米），但是不知他的大脑重量是多少呢。

当他生命垂危的时刻，我脑海里闪出听其自然的念头。当他刚一死去，我就能马上解剖尸体，很多复杂问题都迎刃而解！但是我还是克制住了——我坦白地讲——这不是根据什么仁爱。我的希望寄托在这个野人的身上。我要把他运回巴黎，教他说话，使他驯顺，文明起来，那时他能讲出很多有趣的东西！最为有趣的问题是：他们这一族中还有谁留下来了吗，还是他是唯一的史前人的同类者？

毫无疑问，他必然掌握了一些语言的东西，有几个声音很像感叹词。

举个例子，每次他喊"啊哇"时，就是想喝水。他经常发出一个声音——"特察"，像是在喊谁。当我给他指指昨天打死的那个熊的皮时，他就说"乌——乌——乌"，这时他的脸上露出满意的表情。

我非常留心观察他的身体。他的异常宽阔的胸部显得很突出，这是长期生活在高山上造成的，因为那里空气稀薄。他的脚板长着厚厚的茧，怪不得冻不坏他的脚。

他的面颊甚至前额都覆盖着绒毛。他的全身特别是腿上、胳膊的后边都长着5—7毫米长的淡褐色的毛。当然不仅是毛，还有那长期经过锻炼的皮肤也是他很好的防寒组织。

在他的"皮褂子"上我寻找到一枚"针"，这是用象牙作的，上面装饰着雕刻的鸟，好像是只大雷鸟。他已懂得艺术了。很明显，他曾经下过山，到过有象群的地方。

我把亚当从死亡中抢救出来以后，他对我已经产生一种像狗对主人那样的依顺。当我给他包扎伤口时，他拉着我的手，舔着手背和手掌，做出感激的表示。我非常满意自己尝受到了"原始人的吻"的滋味。

今天早晨亚当从床上起来了，虽然他很听我的话，但仍不管我的禁止，走出帐篷，解开绷带，在太阳底下晒伤口，一直躺到傍晚。这高山的太阳有着神奇的作用，肿消下去了，伤口很快愈合了。再过几天我们已经可以准备上路了。他能跟我们走吗？他能抛下自己的山峦吗？不管怎样我是不能和他分手的，不管死活他都得上巴黎。

9月27日。我终于回到了巴黎的家中，在自己小巧的住宅里！我有很久没写什么了，亚当和我在一起了。我花了多少代价，付出了多少心血啊！

和我预料的相反，他跟我来了。亚当忠实地听从我的话，尽量按我的每个指示办。他能尽量控制自己的本性。当我们还没下山，还没有见到许多人时，一切还好。但是，后来……。

第一个使我发愁的是他的穿衣问题。我不能带一个赤身裸体的人到文明社会去，他只是在背上挂着一张兽皮。我费了好大劲给他弄了一套合他身的白法兰绒西服。这简直是宽大的袍子和裤子。"袍子"他还穿，裤子他无论如何也不想要。它们紧束着他，使他拘束得很。他时常拍着自己的大腿，打着响鼻，滑稽可笑地把大腿翻过来掉过去地看。

在加尔各答满是行人的街道，他突然……脱下裤子扔掉了它。在加尔各答人们常看见裸体的人，这件倒还不算太大的丑剧，但是，要是在巴黎来这一手呢？

我第一次骂他，他对自己的过错感到很内疚！他又一次想舔我的手，虽然我已经禁止他这么做。

当我们已经在轮船的船舷上时，他又出了事。

轮船启航时，很响的汽笛吼叫起来。亚当吓破了胆，跌倒在甲板上，然后猛地一跳窜到海里。把他捞上来后我不得不把他关进船舱。

在吃的方面他也使我很操心。无论如何也不能让他和大家一起就餐。把饭给他送到舱里，他都拒绝了。他不能享受我们的饮食，结果还是使我不得不给他送去生肉和生水。此外他热得要命，因此他经常嗥叫，为此引起旅客的责骂。和他一起到甲板去是需要十分留神的事，他总是在身边招惹一批好看热闹的人，这使我很为难。

很难把这次旅行的事件都详尽地写出来。亚当不是惊恐就是表现为惊奇，火车、汽车使他害怕，我们的服装、房屋、电气设备使他呆若木鸡。任何一件小事，我们习以为常的一些东西——闪烁的灯光广告，管乐队的声音，或者是一群喧嚷着的报童，都强烈地吸引着他，使得我总得拉他的手，不然他就不挪地方地看着。

但是不管如何，我的苦受到头了，亚当终于到了巴黎。

12月14日。亚当已经有很大成绩。他已经不再舔我的手，已经习惯穿西服打上鲜艳的领带，学会了用刀子、叉子吃我们的饭菜，他已经学会了用法语说些日常用语，但是我还不敢带他到街上去。应该使他换换空气。亚当开始寂寞起来，也许是因为他整天坐在屋子里，虽然窗子是打开的，但是看不见壮丽的冬天的缘故，每当夜晚，特别是窗外明月高照，他就坐在窗下悲号。我制止他哀号，但是他总是一个劲地悲哀嗥叫，只是压低声音，可怜地叫……夜深人静时这种人的嗥叫更使人烦恼，但是我看得出，他控制不了自己，不能不叫。

为了使他高兴，我给他带彩色图画的书。使我惊奇的是，他很懂这些东西并且非常喜欢它们，高兴得好像孩子一般。他对我最近这件礼物——一个小狗崽感到格外高兴。亚当同它形影不离，甚至睡觉都和德日普西在一起。他发出"日普西"的音，小狗对他报以恩爱，明白他的一切手势。难道他们的心理更相近吗？

12月26日。但是亚当远没有"文明化"。今天我的一位中学老同学到我这里来，友好地拍拍我的肩膀。亚当大概以为那是打我，吼叫着扑向客人，紧跟着他的是德日普西也参了战，我简直好不容易才使这三个都平静下来。而我的老朋友又是一位容易激动、好动肝火的人，他非常惊恐不安，对这越出常规的举动极为不满。

"我要是你就把他关在笼子里。"他说完就走了。

以后的日记所记载的是克拉吉丽达已经熟悉的事件了，亚当在巴黎大街上的奇遇，但她还是一直读完了。

"我应该参加他的教育工作。"她喊道。她扔下校样后立即给教授拍了一封电报，请里克温带亚当一起到她这里来。

亚当到世上来

里克温教授以激动的心情拉着亚当的手来到已熟悉的德·特鲁阿的住宅。

亚当带着形影不离的狗，头戴黑色的礼帽，身穿时髦的大衣，看上去文质彬彬。里克温叮咛他：

"注意，亚当，要听话，要有礼节，不许叫，不许跳……"

"是…"

门打开了，他们走进前厅。

看门人知道是里克温教授，恭敬地请他进去。仆人赶忙帮他脱下大衣。

忽然亚当狂吼着，扑向在大厅一角站立的伸着双爪的熊的标本，抓住熊的喉咙，把它摔在地板上，德日普西吠叫起来，弄得手足无措的仆人把大衣掉在地板上，目瞪口呆地站在那里。

"亚当！回来！"里克温喊道。

亚当已经明白了自己的过失，当他如同钢铁的手指抓破了熊皮时，从里面掏出了一缕麻絮。

"可怜的亚当，你又错了，熊不是真的。"

"鸟不是真的，'乌——乌'也不是真的。……都不是真的。"亚当发窘地喃喃自语，一边从地板上站起来。

"走吧，亚当。"

亚当跟着自己的主人慢慢地走了，他深为懊悔自己的过错。

"要……"他忧愁难过地说。

在亚当的语言里，"要"是意味着"我不再做了"。里克温不由得微笑起来。

女仆领着他们来到克拉吉丽达·德·特鲁阿的房间。

当里克温和亚当出现在房门口时,克拉吉丽达高兴地笑了,她迎出来向亚当伸出手,但是亚当却没有理会。

亚当忽然被一个放在大理石壁炉上的向外斜着眼的中国瓷制不倒翁吸引住了。他在摇着头。然后他抓起这个小玩物,玩物被他捏碎,掉到地板上碎成许多碎片。

"要……"亚当抱怨地喃喃自语,可惜地望着地板上的碎片。

"我要提醒您,太太,"里克温同女主人打过招呼后说,"这种访问可能会给您和我带来很多不愉快的事。亚当还远没有教育好,还不能见大世面。我看还是请您允许我把亚当领回去好。"

"要……"亚当听见自己的名字马上反应地回答。

"哪里的话,"克拉吉丽达回答说,"不要着急,要知道,他像个小孩子,能跟他计较什么呢……"

这次见面结束的时候,里克温教授和克拉吉丽达·德·特鲁阿都同意这么办:让亚当今后就住在克拉吉丽达的这所单独住宅里,她要继续在教授指导下对他进行"教育"工作。

家庭大学

亚当迁居以后立刻把德·特鲁阿的住所搞得一塌糊涂。主人深感不幸。

别尔拿特·德·特鲁阿在谈生意的时候对别人说:"我简直认为是和老虎住在一个房间里。我千方百计躲开他,可是您想,怎么躲得开,都在一个房盖底下住着。谁知道他会干出什么来?他能杀人,能毁坏保险柜,烧掉楼房……我现在不敢在家吃饭,从旁门直接到办公室去,门上了两道锁，整夜不敢睡觉。"

"那么不能摆脱开这位住客吗？"

德·特鲁阿绝望地挥挥手。

"现在妻子的古怪念头还没消下去，没办法。"

亚当清晨跟克拉吉丽达学习读书和写字。而晚间到她的弟弟毕耶尔那儿"受训"。

在快乐的青年军官那里，远比和克拉吉丽达学习有趣得多。亚当很愿意向毕耶尔学习，并且取得了使毕耶尔吃惊的成绩。用了个把月的时间，他学会了骑自行车，开小汽车，划船，拳击，踢足球。

事实上，由于他开车的疯狂速度受到了数量很大的罚款，但是这对于毕耶尔来说是无所谓的，因为"权在姐姐手里"，用他的话来说，姐姐是"别尔拿特·德·特鲁阿钱柜的钥匙"。

在拳击和足球赛中，亚当使不少对手受到自己沉重的打击而成残废，经他的脚踢出的足球像炸弹一样。一切最优秀的运动员都承认他的成就。

不幸的是毕耶尔不仅仅教他体育活动。

青年军官们在晚间经常换上便衣，带着亚当到曼马尔特的下流酒馆寻欢作乐。毕耶尔故意和别人口角，然后唆使亚当搞欺侮人的恶作剧。亚当已被酒刺激得异常兴奋，他像熊一样扑向那些向他进逼的酒馆里的打架能手。醉意完全抹去了他身上的那层薄薄的"文明"的薄纱，那种原始的本性溢满全身，爆发出来，他这时又变得极为凶狠了。

毕耶尔被克拉吉丽达免去训练的任务，由她自己单独训练亚当。

"好，好，等着瞧吧，看您能用'高尚的妇女影响'教育出什么来。"毕耶尔满腹委屈地说。

但是他不久就承认，亚当很快地变好了。

克拉吉丽达经常带亚当去散步，不干什么冒险的事。亚当操行良好。

有时弄得克拉吉丽达很难为情，因为亚当提出的问题虽然太简单，但又很不好回答。

有一次他问，能和熊"亲近"吗？假如它进攻了，总不能"把另外一边的脸"也让它打吧？有时，在街上看见饥饿的穷人和卖包子的人走在一起，亚当便自作主张地把包子拿给穷人吃，并开始争论什么叫"别人的"或是"自己的"问题。显然，他不能接受"经济的私有制"，并且坚持说这是因为穷人比警察多。

这种谈话引起了克拉吉丽达某种不安的警觉。有一天她看见亚当走着，奄拉着脑袋，显然是在思索着什么问题。克拉吉丽达决定：应该诱导他，让他去剧院已毫无危险。应该给他看看最好的一个古典戏剧。

抢救苔丝达梦娜

亚当和克拉吉丽达·德·特鲁阿坐在一楼的包厢里面，离舞台很近。

幕布拉开，亚当轻声惊叹地叫道：

"墙走了……"

"安静地坐着。"克拉吉丽达制止地说，"要肃静。"

"要"，亚当像平时那样回答道。

演的是莎士比亚的悲剧《奥赛罗》。

亚当看着观众大厅，整个剧场沉浸在黯淡的光线之中，他看着白亮的脚灯，看着上面的厢坐。

"看那儿！"克拉吉丽达指指舞台。

亚当就看"那儿"了，但是剧情并没有引起他的注意。克拉吉丽达过高地估计了亚当的进步。悲剧的诗的语言，那些语言是带象征性的、抑扬顿挫的，配上法国戏剧学院的歌剧台词是很难理解的。亚当注意的只是剧的外表的东西，什么色彩，体态……

稍稍使他提神的是第二场的勃拉班旭和奥赛罗的家丁的相遇。演到第一幕第三场，他已经急不可耐了，他表示在剧院里坐够了。

这时，苔丝达梦娜出场了，这是一位世界著名的演员扮演的角色。她有着令人神往的美丽外表，她的服饰，更主要的是她婉转的歌喉，简直是奇迹。亚当突然全神贯注了。他的双眼盯住舞台，一点也不离开苔丝达梦娜的眼睛。当她走开以后，亚当叹息地惊恐不安地问克拉吉丽达：

"她到哪儿去了？她还回来吗？"

克拉吉丽达微笑着说：

"会回来的，只是要安静地坐着。"

"她叫什么名字？"

"苔丝达梦娜。"

亚当开始轻声重复道：

"苔丝达梦娜……苔丝达梦娜……苔丝达梦娜……"

他对这出戏突然产生了意外的兴趣。当苔丝达梦娜出现的时候，亚当就活跃，当苔丝达梦娜离开舞台的时候，他就感到难忍的痛苦。照他从前的状况对这出戏的内容充其量只能理解十分之一，但是又是什么新东西使他的嗅觉非常准确地根据人们对苔丝达梦娜的态度来评价别的剧中人呢？奥赛罗包括他表现出来的醋意都使他喜欢，如同凯西奥一样，对洛特立戈他不喜欢，埃古则为他所憎恨。

当奥赛罗第一次粗野地向苔丝达梦娜喊道："从我的眼前滚开！"时，亚当不满地发出怨言。从这时起他已经憎恨起奥赛罗来了。

接近悲剧的结局了。苔丝达梦娜在自己的卧室里唱着忧郁的歌。

"可怜的她坐在无花果树下啜泣，歌唱那青青的杨柳。"

当奥赛罗走近苔丝达梦娜，要扼死她的时候，亚当突然像狩猎最危险时刻那样，毛发倒竖地警觉起来，他严厉的目光盯着奥赛罗的每一个动作。他的筋肉紧张起来，头脑发胀，手指戳着包厢的天鹅绒围套。

苔丝达梦娜的哀求，奥赛罗的愤怒——这一切不必说话亚当也都懂得。最后，当奥赛罗开始扼死苔丝达梦娜时，一声非人的怒吼响彻剧院，这怒吼无论是莎士比亚，还是导演和观众都是不曾预料到的。

从幽暗的包厢深处出现一个高大的身影。他越过乐队一个箭步窜上舞台，向扮演奥赛罗的演员奔去，把他从苔丝达梦娜那里拉开，把他按到地板上掐，这回可是真正地要掐死他了。

消防队员、工人、演员一起从后台奔过来。就在这样的混战中，亚当仍然眼睛不离苔丝达梦娜。忽然他发现苔丝达梦娜站起来，走掉了。

亚当一瞬间放开了快断气的奥赛罗，甩开扑向他的消防队员、工人和凯西奥，向苔丝达梦娜奔去，把她像小羽毛一样抱在手上，越过乐队回到包厢。

他让苔丝达梦娜坐在那里，开始抚摩她的头发，像对小孩一样，亲切地断断续续地说："和我坐在一起，谁也不敢欺侮你。坐下吧，咱们继续看剧。"

亚当完全相信，他还在继续看戏，注视着舞台上的一切，整个剧场已经一片混乱。

克拉吉丽达脸色发白，她站起来又困惫地坐在沙发里。

"亚当！"她喊道，"放开苔丝达梦娜，我们回家去！"

但是亚当看着她，使她感到非常可怕。

"不，"他坚决回答，"不。他们会害死她。她，我谁也不给……"

苔丝达梦娜在亚当强有力的手里吓得发抖……

克拉吉丽达束手无策。难道还要搞什么丑剧吗？但她又想出了办法。

"请您不要担心，"她向女演员说，她讲得如此之快，使得亚当没法弄明白。"到我那儿去吧，我能把您从这意外的抢救者手里解脱出来。走吧，亚当。"

亚当顺从地跟克拉吉丽达走了，手里还抱着苔丝达梦娜。他们通过舞台，从旁门走出去，叫来了汽车，很快回家了。

亚当一秒钟也不离开自己的俘获物。他走到自己的房间，小心地把苔丝达梦娜放在地板上说：

"在这里谁也不敢动你，我来守卫你。"他走出房间，关上门，像一条狗在地板上趴下，用自己的身体将门挡住。

亚当不习惯晚睡，瞌睡一下子征服了他。当他睡着时，克拉吉丽达穿着软底胶鞋，通过与另一个房间相通的门进入这个房间，把自己的女大衣和披肩给女演员披上，并向她道歉，用汽车送她回家。

房间里的豹

天刚刚亮，亚当从自己的硬板"包厢"中爬起来，马上打开房门。

"苔丝达梦娜！"他小声喊道。

没有人回答。

"苔丝达梦娜！"亚当已经有些不安地重复喊道，并且走进了房间。

房间里空空的。

从亚当的胸中发出悲伤的呼喊。但是他还不相信，他很快地在屋子里的各个旮旯到处找起来，他在寻找苔丝达梦娜。

她没有了。

受伤的野兽的吼叫充斥了整个德·特鲁阿的单独住宅。亚当突然感到极度的愤怒涌上心头。一种憎恨这个城市的愤怒使他窒息，他感到这个城市的一切都是假的，假的鸟，假的野兽，假的话……连苔丝达梦娜也是假的。她不见了，剩下的只是淡淡的香水味。

亚当发狂了。他折断家具，打碎花瓶，他的手碰到的一切统统被打碎，只有这才使他稍微出出气。

他紧紧地贴在沙发上。苔丝达梦娜曾在这里坐过，他深深地吸着留下的香水味。接着他又远远地离开沙发，大大地张开他的鼻孔，循着香味的踪迹，捕捉着这熟悉的气味。

房间里已是一片混乱。佣人到处乱跑，大伙都束手无策。要不是亚当像猎狗一样伸长脖子在空气中到处闻着，他不知会闯到下边什么地方。

克拉吉丽达关在自己的房间里，松了一口气，急急忙忙地换了衣服。

送来了早晨的邮件。克拉吉丽达很快地浏览了报纸。很多报纸已经对昨天夜里剧场发生的事件进行了报道。

《救救苔丝达梦娜》《野人在巴黎》《又是亚当》《是禁止不成体统事情的时候了!》——各种标题多极了。到处提到亚当的名字和克拉吉丽达·德·特鲁阿的名字。

别尔拿特·德·特鲁阿手里拿着报纸走进来。

"你已经读过了吧?"他看看散落在地上的报纸向克拉吉丽达问道，"再不能这样继续下去了，绝不能和豹子住在一个房间里。"

克拉吉丽达没有反驳。应该考虑把亚当送回给里克温教授了，于是决定通知教授。

此时，亚当已经跑到街上去了，他先在房子周围跑，到处捕捉苔丝达梦娜的气味，只要有一点相像的，他就不断地跟踪，下决心最终找到它。他本来并不熟悉城市，但是凭着某种嗅觉，他找到了剧院。但是剧院关着门。他绕着楼房跑了几圈，又沿着街道搜索……

很晚很晚的时候他才回到德·特鲁阿的单独住宅，他十分疲倦、饥饿和恼怒。

从这一天起亚当真的成了一个不幸者。他待在家里，差不多整个夜间他都哼着，就像他到巴黎来的最初日子里那样。不管里克温如何劝告，他白天总去街上找苔丝达梦娜。他哪里知道，吓坏了的女演员已经在第二天离开巴黎以免和他意外地相遇。当他回来的时候，整个楼房都处在恐怖之中，住宅的人们十分惊恐地锁好门。周围是出奇的静寂，好像阴云笼罩着这个住所一样。

亚当被激怒了，他谁也不想见，甚至碰见里克温教授也阴沉着脸，根本不回答他的问题，这使得教授更为着急。为了科学，应该从这个原始人身上发掘出许多有趣的秘密。

只有两个东西对于亚当来说是不在此例的，这就是德日普西和阿拿多里。

当他看见阿拿多里的时候，消瘦、苍白的脸上露出像微笑的表情。孩子很珍惜亚当的眷念之情。他以孩子的敏感很懂得亚当的悲剧，他离开了居住的高山，被扔在这个大城市的热锅里。

"我带你去。"亚当不止一次地说，"到远远的地方去……"在这"远远"的声音里蕴含着深沉的悲哀，使得阿拿多里要以孩子的天真纯洁去安慰自己的像孩子一样的朋友。他是强大有力的，但又是毫无办法的。

"远远的"这个词是如此珍贵而不可企及，犹如对苔丝达梦娜一样。他已经愤怒填膺，这种愤怒和抗议终于迸发出来了。

逃　跑

晚宴。这是德·特鲁阿家引以自豪的宴会中的一次。邀请的人都是经过严格挑选的"有用的人"，他们都是内阁和银行界中的高级人物，他们都带着夫人来赴宴。豪华的大厅摆放着热带植物，各种鲜花缀满宴会桌，几十个仆人做完一切准备工作。所有赴宴的人等着到圆形的豪华的大厅里就席。

德·特鲁阿很满意。这个辉煌的节日里，别尔拿特只有一件事如阴云笼罩心头。亚当……但愿他不要到这儿来。但是，他来了。他来到了乐队跟前，忧伤、沉默着，他同任何人也不打招呼，坐在屋里的一角。

请来的有名的歌女坐在钢琴旁，她自己给自己伴唱。是意外呢或者是故意安排的，女歌手唱的是苔丝达梦娜的歌：

"不幸的她坐在无花果树下啜泣，

歌唱那青青杨柳。"

亚当呆得像块石头。他不能想象苔丝达梦娜的歌别人也能唱得这么准确，好像她本人唱的一样。之后，他全身颤抖起来，他的脸痉挛、抽搐，显得非常痛苦。他抓住自己的头发，接着突然怒吼起来，使得天棚上的琉璃彩灯都震颤起来。

"不要唱！……"说着，他跑向钢琴，冲它上面砸去，钢琴带着嗡嗡响声被砸毁了。亚当从宴会厅的一角跑到走廊去，在走廊里，阿拿多里正站在他的房间门口。亚当飞也似的抓起孩子。

"我们跑吧……到山里……快……"

在通向街道的旁门停放着几辆小汽车，亚当选择了一辆能跑得最快的车子，赶跑了司机，坐在司机座位上，让阿拿多里和他并排坐在一起，还有德日普西。小汽车一眨眼就发动了，以疯狂的速度沿着巴黎的街道狂奔起来……

头上的天空

在德·特鲁阿的家里出了一场闹剧，并且被那些靠搞耸人听闻消息过活的报纸大肆张扬出去。德·特鲁阿晚宴上的尊贵客人们对亚当的举动大为恼火，他们都向报界表示了自己的意见，希望他们反对这个野人。亚当成了风云人物。

受报纸蛊惑的社会舆论的影响这是常有的事，在这之前人们注意的是亚当的奇闻和古怪举动，这时突然又刮起反对他的风了。报纸要求逮捕亚当，把他最严格地监禁起来。

亚当当然不知道这一切。他还在巴黎的街道上飞速疾驰，最后终于心花怒放，在他面前已经展现了市郊的田野，像带子一样的公路。

"山在哪儿？"他向阿拿多里问道。

打瞌睡的阿拿多里一时答不上亚当所问的山的问题。想起逃跑，孩子突然感到有种既高兴又激动，又带着害怕的感觉，他曾不止一次地幻想逃到远远的外国去探险。现在他的理想要实现了。

"山？"他回答亚当说，"有比利牛斯山、阿尔卑斯山……我看见过阿尔卑斯山……它的顶上总是盖着雪……"

"到阿尔卑斯山去！"亚当高兴地嚷道。

"但是这可很远……以后，他们会在道上挡住咱们的。"

"不能，我们远远地……"亚当毫无忧虑地回答。

"而电报呢？警察会用电报让所有的城市都知道的，那我们就要被截住。"

亚当没有料到这个。他只懂得如何在山岩旁躲避危险，如何在雪原、在针叶林中躲藏，他怎么会懂得如何逃脱电报呢！

阿拿多里说的是对的。已经到了卡拉别尔，赶到那里已经天亮了，在那里已有人企图拦阻他们了。

亚当更加快了车速并且突破了警察设下的封锁线，警察便向汽车轮子开枪射击，其中一个车轮中了弹。

"快看，追上来没有？"亚当隔着阿拿多里的肩膀喊道。

"现在还没有，在后边……"

亚当突然停住车，用一只胳膊抱起阿拿多里，把他从汽车里抱出来，放在地上，一个人开着车飞也似的在公路上飞奔而去。

"亚当！亚当！……"阿拿多里追着，发疯似的喊道。他因朋友的背叛而伤心地哭起来了。

亚当没有让汽车沿着公路急转弯，而是突然以极快的速度把车开到河里，车子激起飞溅的浪花。德日普西吓得尖叫起来。水沫、水泡、热气在水上腾起，河水在流着，只是在淹没汽车、狗、人的地方出现了漩涡。

阿拿多里发呆地站在刚刚下起来的雨中，但是这只是短暂的一瞬间的事，虽然阿拿多里觉得它已经很长。很快在水上凫出了水淋淋的德日普西，打着响鼻抖掉鼻子上的水，跟着出来的是亚当。他只使劲划了三下就已浮到岸边。亚当和德日普西同时抖着身上的水。亚当向阿拿多里跑过来，让他骑着自己的脖子，什么也没有讲就向灌木丛跑去。

"静，坐下，把身子弯下来。"

阿拿多里还没有镇定下来，已经听到了公路上小汽车的声音。几秒钟后警察的小汽车已经朝麦莱努方向驰去。

当汽车消逝以后，亚当开始高兴得跳起来。

阿拿多里这才懂得了自己朋友的军事智慧。雨水冲掉了汽车轮胎的痕迹，警察没有发现他们逃跑的去向。这次他们得救了。

应该考虑早饭了，阿拿多里非常想吃东西。

"坐下，我很快回来。"亚当说着就走向附近的灌木丛中。

终于，难耐的时间过去了，阿拿多里首先听到了亚当走近的声音。

亚当带回两只兔子，还有在衣服底下藏着的一些干柴。他扔下打死的兔子，德日普西嗅了嗅。他又马上生火，他把两块木头互相搓起来，在亚当铁一般的手掌里木头搓得如此之快,很快阿拿多里闻到了燃烧的味道,出现了烟,然后搓的速度再加快,更加有力,有节奏,就出现了火焰。阿拿多里吃着篝火烤的兔子觉得很有味道,他模仿亚当的样子用手撕着兔肉吃。

雨停了,太阳出来了,晒干了逃跑者们的衣服。阿拿多里由于遇到的惊恐疲倦了,香甜地入睡了。而亚当眼睁睁地望着天空。

这回头上的天空终归不是那些该死的白色的天花板了,那里既没有鸟,也没有太阳,也没有星星,也没有清新的空气。

亚当憧憬着快一点同山见面,即使不是自己生长的故土的山脉也行,什么山都可以。自从他从山上来到平原,这里住着拥挤的和忙忙碌碌的奇怪的人们,他们认为"石头箱子"似的东西比大地和天空要好。现在他第一次感到了幸福。

他们过的自由自在的日子是幸福的。白天逃跑者们躺在河旁的树林里睡觉,夜间他们向东南方走,按阿拿多里所指的,那里有山。

亚当能够在睡着的时候同时警觉每个声响。每当他感到有威胁的声音传来时,他的耳朵就动得很快,他会很快醒来,这使他能成功地避免和人们碰见。

但是命运使得亚当他们的幸福日子并不长久。通过在居民中查询,警察还是很快地确定了汽车隐匿消失的地点。侦缉人员逐渐缩小潜逃者的包围圈。

一个清晨,他们终于被警察发觉了。他们在森林里一连隐匿几小时,爬上树顶,用茂密的枝叶遮盖住自己的身体,从那里监视在森林中摸索的敌人。

最困难的事是弄不到吃的,无论是鸡还是兔子,以前亚当能在一个饲养场附近弄来。他觉得走不出警察的强有力的魔爪,如果硬干就要重新过不自由的生活……这个念头折磨得他发颤……

亚当的结局

一个阴天的拂晓，亚当向阿拿多里和德日普西走来，他扛着一只小绵羊。

突然他的耳朵动起来，从远处传来德日普西惊恐的吠声和阿拿多里恐怖求助的呼喊。

他翕动鼻孔，奔向位于公路边的灌木丛，他把阿拿多里安置在那里了。

警察把挣扎哭泣的阿拿多里抱进小汽车，德日普西拼命吠叫。

亚当扔下羊，几步就窜到了汽车旁，他抓起一个警察，把他高高地举过头顶，在空中一扔，抛到远处的灌木丛中去了。

三名强壮的警察扑向亚当，展开一场混战，亚当都把他们甩到一边。他们抓住亚当的手，但是亚当把他们悬在空中。一个受过特种训练的机灵的警察企图给亚当戴上手铐，居然成功了。但是亚当还是挣脱了手铐，虽然弄得他皮开肉绽，也因此使他感到异常疼痛。他扑向警察，用自己锋利的牙齿咬他们的脖子，第二个进攻者被打伤了。警察小队长这时看出如果不借助武器是甭想抓到亚当的，于是向亚当开了枪。子弹打在亚当的肩上，正是熊爪给留下伤疤的地方，并且伤了肩胛骨。

亚当痛得号叫起来，但是仍然用另一只受伤的手臂来抵挡，可是严重的失血终于使他变得瘫软无力了。

警察重新向他扑去，经过几次失败，最终还是给他套上了手铐。他猛然一拉锁链，痛得直哼，他们把他摔倒了，紧紧地捆起来，扔进了汽车。那里早已坐着由于害怕而脸色苍白的阿拿多里。车子拉着受伤者上路了。

德日普西断断续续地吠着，追赶着消逝的汽车。

亚当被拘禁在一个单独的房间里，这是关押严重的精神病患者用的房间。墙上覆盖着松软的呢毡，窗上安着铁栅，有带着铁门栓的坚固的门。

亚当被缚上绷带单独地放在那里，他吼着，扑向房门，弄弯了窗上的栅栏。他整天发了疯似的，晚上哼着，使得那些习惯于所有精神病人的人听了都颤抖。

快到早晨的时候，他平静下来，但是当人们通过门上的窗子给他早饭的时候还是不敢进去，他只喝了几口茶，其余的一切都被扔在走廊里。

亚当好像关在笼中的野兽一样，总是走着，一刻也不停，深沉地叹息，不时发出高亢、拖长的呼喊声。他喊着苔丝达梦娜、阿拿多里、德日普西，有时也喊里克温。

他孤独地，完全孤独地被关在这密实的笼子里。这里的空气对于他的肺来说显得太少了，而阳光又仅仅是通过密密的栅栏孔射进来，把铁栅的影子照射在墙上。

第三天，亚当静默了。他也不再走了。他坐在地上的一角，脊背冲着阳光，把下巴放在支起的膝盖上，好像僵硬了一样。他已经谁也不喊了。医生、学者走近他，但是他只是无声地坐着，一声不哼，一动不动。像过去一样，他还是什么也不吃，只是拼命地喝水。

突然亚当急骤地消瘦起来。到了傍晚，他突然发起寒热病。他坐着，牙齿打颤，出冷汗，很快他又痛苦地大咳起来，在他的痰里经常带着血。

医生摇摇头。

"急性肺结核——奔马痨。……高山地区的人也这样难以适应平原地区的空气啊……"

一天傍晚，经过一阵剧咳以后，血突然从他嗓子里涌出，流满一地。亚当倒在地板上，他要死去了……

当他从昏厥中苏醒过来以后，他轻轻地嘶哑地对大夫说：

"那……"他用眼睛指指门。

大夫明白了。亚当需要空气，或许是最后他要看看天空。他喘不上气来，但是在这阴雨连绵的秋夜，能把一名病情如此严重的结核病人抬到外面让他挨雨淋吗！

大夫拒绝地摇摇头。

亚当用一双像快断气的狗那样哀怜的眼睛看着他。

"不，不，那对您有害，亚当……"大夫对护士下命令说，"氧气瓶"。

氧气瓶使亚当延长活到了清晨。当早晨惨淡的阳光照在白色的墙上，在它上面又画下了窗上铁栅的影子时，亚当的嘴角闪过一丝淡淡的微笑，好像那惨淡的阳光一样。他出奇意外地喊着一些听不懂的话，其中没有一句法国话。上午十点二十分亚当死去了。下午一点钟收到正式通知，通知中说，亚当必须出院送回喜马拉雅山去。

"他干得真漂亮，亚当死得对。"解剖专家掩饰不住内心的喜悦高兴地说，并动手解剖亚当的尸体。

从来没有一个尸体被如此认真细致地制作解剖标本。一切都量过，称过，被详细地记录下来，并做了防腐处理。尸体的解剖提供了许多有价值的东西。盲肠的尺寸很大，尾肌明显地突出，耳肌非常发达。脑子……关于亚当的脑子，里克温教授写了整整一大厚本书。亚当的骨骼被仔细地收集起来，放在博物馆的玻璃罩里，上面写着："喜马拉雅人"。

在博物馆最初展出亚当骨骼的时候，装着他骨骼的玻璃罩前聚集了许多人。在这些参观者之中，人们好奇的目光注视着克拉吉丽达和那位著名的女演员。

亚当对"文明"社会已毫无危险了，他已开始为科学服务……

（孟庆枢　译）

人多逼的

〔捷克〕拉·库比

居然造成这样一场大混乱……

不，还是让我从头说起，设想一下，有个鬼鬼祟祟的人突然出现在您自己家里。你如果已婚，会断定他是你老婆情人。你是单身汉会把他当作小偷抓起来。不过，我在家里并非发现了什么人，而是这个家伙在我眼皮底下，当场变化出来。最初，屋里有股白色浓烟，像九月晨雾那样迷蒙，它不停地旋转，逐渐浓缩成人形。当时我以为是自己产生了幻觉，但很快听到一声沉浊的问话，它把我从恍惚中拉回现实。

"你有馒头片吗？"

"什——什么？"我张口结舌地反问，因为眼前的怪现象没法解释，叫它把我弄懵了。

"请问有馒头片吗？"他追问。

"没有，什么片儿我都没有！"

"嗬，小气。"来客不屑地说着直奔厨房，我回过神来紧追上去。这个幽灵沉稳地掏空了冰箱。

"香肠，哼……干酪。没多少样东西。满以为你多阔绰呢。"

"把东西放回去！哪个给你这种权利……"

来人不以为然地瞥我一眼，继续往他那个大旅行袋里塞食物。

"精彩的场面，竟用这副脸子接待我。没关系，您慢慢就习惯了。"

"对这一套我没有习惯的必要，说清楚，你这什么意思？"

"何苦这么着急，值得发神经嘛，该你明白的时候，自然会明白。"来客嘭地关上冰箱门，形体开始融解，又化作一股白烟，无影无踪。我呆呆地站在那儿，像手拿烟卷的小学生突然碰上校长似的发愣。

前厅响起门铃，它是这场噩梦后的第一个现实中的声音。杨斯卡娅太太满脸泪痕地站在门外：

"库比赫先生，我遭到抢劫。你去看看吧！不知哪来的6个歹徒，把吃的东西抢个精光，没剩一点。他们自称未来人。"她放声哭了起来，"他们在米列卡赶回来之前全部失踪。"

"就像蒸气似的？"

"更像是雾。"她纠正说。

"也光临了寒舍，电冰箱给洗劫一空。"

"你这儿也来啦？"她瞪大了眼睛，"到底是怎么回事？"

我刚要说话，只听整个公寓人声嘈杂，房门砰叭乱响，不断传来愤怒的咒骂声，我晓得饿疯了的烟雾扫荡了整个公寓。楼下居民议论纷纷，出现好多迷信说法。

鬼怪神仙我一概不言，也不相信存在超自然现象，所以我回到自己房间，那些哲学问题留给邻居去探讨吧，按正常逻辑推理没法对发生的事情进行解释。我琢磨着杨斯卡娅说的，对来自未来世界的强盗，百思不解。

我不再伤这个脑筋了，拿起提袋去超级市场再添置备用食物，不管怎么说，失去的食品就是这场空前绝后、猜不透的现象的见证。我认为它不会再出现，但事实推翻了我的判断。

　　那股白烟没过几天再次发生。一家伙冒出 15 个不速之客,把贮藏室、电冰箱清洗一空,其彻底程度足使老牌窃贼眼红。我暗自嘟哝,这未免过分了。我之所以讲,是因为他们是 15 个,我仅仅孤身一人,声音细小。但还是让一个家伙听到了,他凑到我面前:

　　"库比赫,"他拍打着我的肩头说得理直气壮,"别心疼那点东西,为你本人的后代子孙,不该太吝啬吧?"

　　"我的后代?"我呆若木鸡。

　　"是啊,没错。我是布雷卡·库比赫,2417 年生。"

　　像给一架钢琴击中我的头顶。

　　"要支持住嘛,我的老祖宗!"

　　我的两只脚像踩在棉花上,走到椅子前,颓丧地坐了下来,精神彻底崩溃了。呼吸困难,像一条拖上岸的鱼。我莫非疯了?恐怖感逐渐消失,可越想越恼怒。

　　"听着,你承认是我的不肖子孙,也就是说,打算往后还要经常地跑到我这儿来抄家?"

　　"为什么要那样?我们全住这儿啦。"

　　"住这儿?"

　　"怎么着?我们办了回返过去的签证,一切合乎手续。你呀,根本想象不出你们生活的美满。山珍海味、甜食糕饼、油饼……"他说得津津有味,"不像我们那儿光吃讲究含多少焦耳和维生素的药丸子,那种完全按科学配方做的人造食品,好难下咽哟。呸!人口过多过密,全盘自动化,计算机控制!老祖宗!你真是身在福中不知福!工作累了可以休息,想躺下就躺下,又能变着花样地吃。可是在'那儿',别想从岗位上脱身,把人活活累死。你们的食物却把人活活馋死——咱们比较起来,一个是神仙的生活,一个是猪狗的日子。不信请你尝尝用海藻提炼而成的这种海藻精,你就知道我说的不假。"

"啊，真烦人！"我焦躁起来。

"老祖宗，您不欢迎，实在遗憾。不过等咱们厮混熟了，就都是分不开的朋友了。"

"我不怀疑这一点。可是，你们冲破时间束缚，干扰历史正常进行，居然还给你们签证，今后全都要乱套的。"

"我们是在进行试验，当然只先试点。认祖归宗！也有一部分人是非法混进来的。"

"你们怎么想起干这个勾当？"

他耸耸肩：

"原因不清楚。突如其来地掀起这样一股热潮。在各种广告上都有这样的话：'没吃过老祖宗的食物的人，就不配说他会享受。'我们于是一致决定到您这儿来做客，品味美食。"

"我感到非常荣幸，非常走运，你们想让我干点什么呢？"

"我们可以挤一挤。请您搬到过道去睡，让大家全住下来。父系的近亲马上就来这儿。"

"父系的近亲？"我眼前一阵发黑。

"别紧张嘛，顶多10个人。"

书橱那儿的混乱状况把我从迷惘麻木的状态中惊醒，子子孙孙们在那里挤做一团。我站起身，推开布雷卡挤进人群。有个晚辈用目光扫视书名，放肆地把书从架子上一本本抽出，又失望地，像丢弃废纸一样往地上掼。我能容忍一切，惟独这样对待书我可受不了。我把书奉为神圣之物，选阅当然可以，而砰叭乱摔，听到声音我心里像刀扎。

"你这缺乏教养的蠢驴，发的哪一门子疯？"

"我这是在找书，找有关美味保健食品的书，难道你没长眼睛？"

"给我住手……"

"请您保持肃静，老头。"

　　我狠狠地揍他一拳，但还客气，因为拳击教练叮嘱过，不可过猛。他在书堆上爬动，其他儿孙认为应当维护本家族的面子，于是奋起群攻展开恶战。我根本就没有胜利的指望，一顿拳打脚踢之后，把我鼻青脸肿地丢在过道。我不甘心地又闯进屋，最后只是又新添几块青伤而已。不过，子孙还算宽厚，将我推出家门，怕我受凉还扔出一件上衣。

　　有家难归了。

　　遭此磨难的非我一人，好多邻居也被各自的子子孙孙轰出家门，处处都有"晚辈"进住。住宅惨遭破坏。公路上汽车多得像耗子一样。

　　我走在大街上，跑过一家被抢掠一空的超级市场，连地板也全部撬走。由于在未来世界的子孙那儿木头也是珍稀之物，故而连货架子也无影无踪了。我向市中心走去，交通运输已经断绝。公共电汽车拆卸得仅存车架，呆立路旁像充当着古老善良时代的见证人。有位行人耳贴半导体正在收听广播，突然哎呀一声，收音机失手落地，在行人脚下很快失踪。

　　"广播说咱们这儿的未来子孙已超出九千万，而且还有不断增加的趋势！"

　　没人注意到他，洪水般的人流将他卷走。布拉格旧城区已呈现这么一幅图景：大小商店皆被掠劫一空。布拉格市民跟他们将来的子孙之间出现了第一次冲突。我穿过普日科比大街来到穆斯切克大街，挤进充满全是未来子孙的旧书店。书架挤坏了，图书被毁坏了。塔索和帕夫拉像踩钢丝演员似的站在过道栏杆上。岗克站在柜台上用厚重的《世界地图集》猛拍这群不知来历的顾客的头顶。塔索看见我就喊：

　　"野蛮极了，光要食谱！别的书一律捣毁。"

　　我看出他们无法突出重围，只好摆摆手向门口挤。我夹在一股人流中，由橱窗涌出，顺利地来到大街上，于是随着这伙人往前走，它可以保护我不被踩死。我像海浪上一枚小木片，随着人的洪流走到瓦茨夫斯基广场。往前再挤不动了，因为这儿正在进行拍卖。有人叫喊：

"19世纪烹调技术——30万克朗……"

这笔交易的结局如何不得而知，由于人群沸动又把我带到因德里斯基大街上，这地方就不那么人山人海，用肘尖拨开人墙可以向自己需要去的方向慢慢挤过去。借这种很不受别人欢迎的方式，我挤到索柯罗夫大街，经卡琳路逆人流直上到了考贝利斯大街。到处都一样乱糟糟的，未来世界的子子孙孙们充塞各个街道。从阴沉的天空开始飘下雪花，我沿红军街好不容易走到电车车库，已是城边了，路轨只铺设到这里。在几乎填满的采沙场那里，停着几辆挂篷的货车。我决定去那儿借宿一夜，看样子会有地方的。

"站住，手举起来！"迎面传来吆喝声，我没有反抗。

"嘿，是库比赫先生，"从篷车里探出一张熟悉的面孔，原来是邻居普洛科瓦，"快过来！"他高兴得几乎跳起来。在紧急建立起来的营地上燃烧着几堆篝火，煮着稀少的食物。一位退役上校站在营地最前面。

"特拉皮赫！"他握着我的手做自我介绍，"我代表大家欢迎您。市内目前怎么样？"

我叙述了目睹的情况，他双眉紧锁，说："局势相当严重，咱们的处境也不轻松。对方还在加强实力，"他手指一片树林，"咱们等待着他们冲过来。您是能够突围来到这里的最后一位老市民，应当做好防卫的准备。"

他发出命令，我们就像历史上胡斯党人那样把篷车列成半圆阵式，筑成一道防御堡垒。我备受感动地想起学过的历史课，当年胡斯党人就利用带篷的马车做工事。采沙场的陡坡作为我们阵地的后方屏障，故而对方只能从树林那个方向发起冲锋，并要通过一片积雪的开阔地。寒风暗哑地呼啸，扬起阵阵雪粉，我们检查了武器：晾衣服的长竹竿，铁锅，为加强打击效果，锅里都装满凉水。

没有出现敌情，我们紧跺双脚取暖，时间缓缓过去，树林里静悄悄的。不过，公路上却集结一群未来世界的子孙。我们的营垒显然引起他们的兴趣，朝我们的车阵比划着。

"上校，咱们肯定错误地估计了敌情，摆下开战的架势恐怕要激怒他们。"

"胡说八道，"特拉皮赫打断说，"就是让他们看清楚咱们不是好惹的!"

"注意!"普洛科瓦高叫，"来啦!"

一伙未来子孙离开公路向这里接近。他们挺想包围我们，可我们选的地形恰恰迫使他们挤成团。距我们阵地50公尺处，他们停止前进。

"货车交给我们。"

"撤回你的最后通牒!"上校怒声呵叱。

"别逼我们采取强制手段!"

"水锅——射!"于是我们抛射出第一颗炮弹。传来砸在脑袋上的沉闷声响，说明击中目标。最靠近的敌人挨了第二发炮弹，隐蔽着的妇女队点燃有残漆的油漆桶，我们把它放在发射架上，向敌群投过去。冒着火苗、喷洒火星的漆桶，直奔惊呆了的进攻者，我们把能够发射的东西，全掷向够得上的敌人。事前，在公路上发现有沥青，现在也拿来当做我们的弹药。

炮弹明显不足，敌人乘虚攻入我们阵地，但是我们的援兵赶到了。新来的战士爬上篷车，勇猛地和未来世界的儿孙们搏斗。我身旁是一位佩戴铁路员工标志，体态苗条的妇女，她战斗十分勇敢。有一个姑娘挥舞着不知从哪儿卸下的转辙器，意外地击中一个敌人。进攻者畏怯了，当我们把敞开门的沉重铁柜投向敌人之后，连最顽固的敌人也退缩了，他们开始溃逃，我们获得全胜。战场上乱七八糟，我们用了几乎20分钟进行清查。

随后，有个晃动一块白布的家伙朝我们走过来：

"我是和谈代表，请别往我身上砸重东西。"他大声恳求着，"我想和你们的军事首脑谈判。"

看样子他没带武器，又是一副可怜相，我们就放他过来了。

"你要干什么？"特拉皮赫双手叉腰地问。

"想了解你们篷车里有食谱没有，或者做油饼的面粉。"

"没有！"

"真的吗？"

"当然是真的！"

"谢谢。我们战败了，武器在我们时代已不复存在，军事动作也不合乎要求。"

来使为保持体面，庄重地摇摇白布做致敬的表示，然后不慌不忙地离开了我们。

未来世界的子孙朝哈巴拉方向撤走。我们跳下篷车。特拉皮赫布下岗哨，平原的上空阴阴沉沉。我们围坐在火堆旁，议论这一场会战的印象。

"咱们立刻出发到莫拉维亚，"特拉皮赫说，"我在那儿有栋房子，还有个隐蔽的地窖，储存着够咱们吃半年的食物。"

"腌的、熏的，灌肠、腊肠，足够咱们吃的。"

"灌肠、腊肠，"普洛科瓦自语着，"真没料到！"

他两眼直勾勾地发愣，突然流下眼泪说：

"我应当坦率地承认！全怪我，怪我引来未来的子孙大举进攻！"

"您？"上校不相信地问。

"对，是我。有一天，在我的家里出现一个人。自称未来人，特来拜访。我为了表现殷勤好客，招待他吃油饼。他还带走一些。后来又出现一次，不是来他一个……您现在明白啦？"普洛科瓦放声大哭起来。

我们明白了，这一切都是邻居普洛科瓦那倒霉的油饼引起的……

（里群　译）

时间皱褶

〔美国〕马德琳·勒恩格尔

　　漆黑的夜晚，风雨交加，住在顶楼的小姑娘梅格怎么也睡不着了，裹在被子里瑟瑟发抖。一想起久无音讯的爸爸，她就止不住要流泪。只有妈妈能神态自然地谈着爸爸，"当你爸爸回来时……"回来，从什么地方回来？什么时候回来？有人说爸爸带着大姑娘跑了，妈妈一定听到过这不怀好意的嚼舌，但她外表不动声色，似乎没有什么能打扰她内心的平静。梅格可做不到这一点，她那张脸什么也藏不住。外面那只大黑狗在吠叫，它没事从不叫的。梅格紧张地站了起来，往上推了推架在小鼻梁上的近视眼镜，轻轻地走出了房间。

　　她下楼先摸到弟弟的房间，两个10岁的双胞胎弟弟睡得很熟。她又走进厨房，这才有了些安全感，现在即使把顶楼房盖刮飞了，也不至于把她刮到黑漆漆的野外，落到谁也不知道的什么地方。5岁的弟弟查尔斯正坐在桌上吃东西，"我一直在等你，我知道你会下来的。"神奇的超感功能经常使他能猜出别人的心事。随后，母亲也进来了，他们一起坐下来吃夜宵。查尔斯兴致勃勃地讲着他的奇遇，说他看见三个怪物，其中一个叫沃齐特夫人，她们都住在树林里。

　　又是一阵狂风猛然袭来，摇动着房子，雨点拍打着窗玻璃。忽然，他们听到外面有声响。母亲打开门，让进来一个周身严严实实地裹在衣服里的女人。谁也看不出她的年龄，几条杂色头巾缠在头上，一顶男式毡帽扣在上面，粗糙的大衣外面捆扎着一条刺眼的粉红色长披巾。她说话的声音像没上油的门轴响，眼睛明亮，鼻子是圆圆的、软软的一团，一嘴皱纹。查尔斯认出来了，她就是沃齐特夫人。她说是迷了路，靠着气味才找到这里来的。她叫梅格的母亲帮她脱下靴鞋，倒出里面的水，又要来三明治大吃起来，怪态百出。吃足了，她说只坐一会儿，就要穿靴上路。说到路途，她说有一种叫作超立方体的东西，能使她在星际间旅行。一听这"超立方体"，梅格的母亲立时脸色煞白。怪女人走后，母亲自言自语地说："她是什么意思？她怎么会知道超立方体？"

第二天上课，梅格总也打不起精神。老师叫她回答尼加拉瓜的主要进出口商品，她愣在那里答不出来。老师挖苦她，同学们讪笑她。她气乎乎地猛地坐下，嘴里咕哝着："谁关心尼加拉瓜进出口干什么？"老师说："如果你要撒野，可以离开教室。""好，离开就离开！"梅格愤然走出教室。

放学后，查尔斯带梅格到树林里去见沃齐特夫人。母亲那少有的不安，使他们预感到这里面肯定有什么事，他们要弄明白超立方体到底是何物？路上，他们碰见比梅格高两个年级的卡尔文·奥基夫。14岁的卡尔文有时会有一种强制感，他总是按这强制感所告诉他的去做。他自己也说不清这强制感是怎么来的。这天下午，他只觉着他必须去那个闹鬼的房子。他们一同朝树林后面那所房子走去。见到那所神秘的破房子，梅格吓得尖叫起来。卡尔文用强壮的手抓住她的胳膊肘，她才稳住了神。一个身体丰满的小女人坐在屋里，戴着一副大眼镜，正忙着在被单上缝着什么。她的名字叫胡夫人，她知道梅格的爸爸在哪里，但他们必须先回家吃饱饭，好好休息休息，然后再来跟她们一起去救助梅格的爸爸。

　　梅格的爸爸妈妈都是科学家。爸爸默里先生为政府从事绝密工作，起先在佛罗里达州的卡纳维拉尔角，后来被派往某地去完成一项危险的秘密任务。他平时常常给家里来信，可现在已有很长时间未得到他的任何音讯了，有关部门也不知道是怎么回事，因为爸爸跟他们也中断了联系。

　　吃过晚饭，梅格和卡尔文在月光下散步。梅格为爸爸的失踪伤心地哭了，卡尔文掏出手帕给她擦泪，安慰她。查尔斯兴奋地走来，说他觉得现在应到什么地方找爸爸去。突然，从黑暗中蹦出两只眼睛，那是月光照射在胡夫人的眼镜上。在她后面，沃齐特夫人也从墙上爬过来。沃齐特夫人的另一个朋友惠奇夫人也来了。她人未到声先到，说话时发出一种细细的拖长的咝咝声。她还没有完全形体化，只是一圈银白色的闪闪发光的东西。

　　猛然间，刮起了一阵大风，天旋地转起来。梅格惊叫着抓住卡尔文，惠奇夫人命令道：“肃静，孩子们！”月亮没有了，所有的光亮顿时消失，只听到耳边忽忽的风响，漆黑中似乎可以感觉到惊骇的树木在吓人地飞奔。接着，风一下子停了，各种声音也一下子全消失了。梅格觉得卡尔文被什么力量从她身边拽开，她伸手拉他，却什么也没抓到。她呼喊查尔斯，喊声却被扔回来塞在喉咙里。查尔斯也不知在哪里，她独自处在一片空虚之中。没有声音，没有光亮，没有感觉。她的身体哪里去了？慌乱中她想动一动，但是没有什么东西可以动，像光亮、声音消失一样，她也消失了。肉体的梅格完全不存在了。

　　她逐渐恢复了知觉，虽然她的躯体回来了，但周围的其他东西却都没了。光亮开始跳动、震颤，她看见查尔斯站在前面，听见他的呼喊，却不能穿过那奇异摇晃的光和他相会。卡尔文的声音像穿过云层而来。突然，梅格感到被什么东西猛劲地一推，如同戳破一道玻璃墙，一下子被送到查尔斯跟前。他们站在一块阳光普照的陌生大地上，空气里充溢着鸟语花香，彩色蝴蝶在他们身前身后翩翩飞舞。梅格把鼻梁上的眼镜往上一推，想确定一下她所看见的是不是真实的。三位夫人出现了，咯咯地笑了一阵子，惠奇夫人在笑声中现出身着黑袍、戴黑色尖帽的身形。查尔斯冷冷地说："如果诸位夫人欢喜够了，我看你们是不是把刚才发生的一切给我们解释解释。事先不通知一声，就用这种方法突然把我们带走，简直把人吓死啦！"

原来他们所到的地方是一颗叫作乌列尔的星，它是螺旋星系梅西耶101号中的恒星马拉克的第三颗行星，即使以光速到达这里也需要许多年，但是他们转瞬间即到，用的是超立方体的方法，也可以说是用"皱褶"的方法。地球上没有什么词语能够说明这个方法，把它解释明白。总之，这是一种走近路的方法，超立方体就是五维。用五维方法通过空间无须走那长长的路程，可以比方为能缩短直线的距离。他们停在乌列尔是为了稍事休息，也是为了看清他们将要与之斗争的对象。沃齐特夫人变做一个美丽的似马非马的白色畜生，她的微笑如柔和的微风拂面，如太阳的光线那般温暖。她驮着查尔斯、梅格和卡尔文在天上飞翔，看见下面有许多畜生，个个都像沃齐特夫人所变的那样似马非马，在花园里唱歌飞舞。沃齐特夫人继续往上飞，停在一座极高的山顶。他们转身看到在远处绕山的云层之上有一个可怕的黑影，它的存在就是我们地球多灾多难的根源。夫人告诉孩子们，梅格的爸爸就在这黑影的后面。

梅格听说此事急不可待，哭着请沃齐特夫人送她去见爸爸。沃齐特夫人用巨大的翅膀包着她，她感到安慰，感到一股力量注入她的全身，三位夫人又用"皱褶"的方法把三个孩子带到一颗空气呈灰色的星上。在那里他们见到一位愉快的女人。这位女人高举着一个水晶球，往那个球里看，可以看到黑暗的宇宙空间和各个星体在里面移动。孩子们在这个球里看到了星球之间的战争，看到了他们的地球和他们的母亲。沃齐特夫人原是一颗星，在同邪恶黑影的战斗中虽然获得胜利，但却永远丧失了自身的星体。

他们告别了这位女人，离开了她的行星，"皱褶"到卡马佐茨，站在一座小山上。三位夫人说梅格的父亲就在这个星球上，但具体地方她们也说不清，也无法再陪孩子们一起走了，下一步全靠他们自己了。胡夫人把她的眼镜留给梅格作礼物，告诉她在最危险的关键时刻再用。惠奇夫人的礼物是告诫他们下山进城时要一起走，不要叫人给分开。梅格虽然有些心怯，但对爸爸的思念使她战胜了恐惧。

这山下城市里的房子都一模一样，都是刷成灰色的小方盒子。每所房子前面都有一小块长方形草坪，一排看上去十分单调的花长在通往房门的路边。每所房子前都有孩子在玩耍，有的跳绳，有的拍球，但跳绳、拍球的节奏都相当的一致，绳起绳落，球起球落都是同时的。过一会儿，房门同时打开，外表一样的妇女走出来，像一排纸娃娃。她们都站在台阶上，一同拍手。孩子们一齐抓住球，一齐折叠绳子，一齐转身进屋。房门都在他们后面砰的一声同时关上。街上的行人都一律迈着奇怪的机器般的自动化大步，目不斜视，根本不注意梅格他们三人。查尔斯问一个报童，得知这里是卡马佐茨的首都，中央中枢情报中心就设置在这里，叫作"伊特"的那个东西是这里的最高统治者。

梅格三人来到巨大的中央情报大楼，手拉着手进入一间安置着机器的大屋子，又走了几乎一英里才看到尽头。这尽头有一个平台，平台椅子上坐着一个人，说他正在等着他们，但是他的话语不是从嘴里说出，不是声音传到耳朵里，而是直接进入他们的脑子里。这个人眼睛明亮，发出一种红光。他头顶上有一盏灯，这灯和那眼睛一样，一闪一闪地跳动着，节奏稳定一致。他要为这个行星上所有的人承担痛苦、责任和思想负担，为他们做出决定。为了使查尔斯他们顺从就范，他让孩子们跟他一起说乘法表，但孩子们有意说些与乘法表节奏不一致的话语，使红眼人的计谋无法得逞。查尔斯感觉红眼人的言行不是出自他自己，而是由什么地方来的指令控制着的。查尔斯想弄明白这背后的指使者到底是谁。红眼人请查尔斯往他眼睛里看，说这样做他就可以告诉他那指使者是谁。查尔斯注视那双红眼。梅格大喊大叫地上前阻拦，提醒查尔斯别上当。可是，为了查明红眼人，弄明白爸爸在哪里，查尔斯决定进入红眼人的身体里面去，他相信他能返回来。查尔斯看着红眼人的眼睛，看着看着，他自己的瞳孔变得越来越小，最后黑点消失。结果查尔斯躯壳虽在，声音虽在，但已不是原先的查尔斯了。他的言行全变了，说明他已灵魂出窍，成为他人手上的木偶了。梅格和卡尔文紧紧抓住查尔斯的躯壳不放，追问红眼人把查尔斯弄到哪里去了。几个穿黑色工作服的人把他们分开。这个变得陌生的查尔斯劝他们也往红眼人的眼睛里看，和他一样被吸进去。他向他们宣传，在卡马佐茨这里大家因为完全相同而感到幸福，希望他们也进去试试。梅格和卡尔文知道这不是真查尔斯说的话，他们同这个假查尔斯吵了起来。

查尔斯滑着奇怪、机械的步子把他们带到一间小屋子跟前，小屋子中央有一个透明的大圆柱子，梅格看见爸爸像被冻结了似的站在冰柱子里面。梅格喊叫着"爸爸——"冲了过去，却一头撞昏在透明的门上。一种神秘的东西借假查尔斯的口哈哈大笑。这笑声使梅格很恼火，她的愤怒战胜了疼痛和害怕。假查尔斯指着困在柱子里的爸爸取笑道："哎呀，你看，他这不成了大傻瓜了吗？"梅格伤心地怒斥他："查尔斯！那是爸爸！是爸爸！"梅格戴上胡夫人的眼镜，没费力气就穿过透明的门和透明的柱子，进入柱子里。爸爸和她紧紧地抱在一起，然后戴着这副眼镜一同从柱子里走了出来。

梅格他们跟着假查尔斯来到叫作"伊特"的那里。"伊特"是一个没有肉体的巨型大脑，这个大脑在一个高台上搏动、颤抖着，控制着这颗行星上的每一个人。梅格感到到处都是节奏，这节奏控制着她的心脏跳动，控制着她的呼吸。她顽强地高声背诵独立宣言、元素周期表、数的平方根，来与伊特的节奏抗争。但是伊特的力量太强大，她终于坚持不住了，精神不能集中，眼看就要被吸入伊特里面。爸爸急忙将他们"皱褶"出了这颗行星。

默里先生的"皱褶"技术不太高明，他是在一次事故中来到卡马佐茨的。在刚才这次"皱褶"过程中，通过那个黑东西时，梅格被冻得瘫痪了。因为伊特把查尔斯抓得牢牢的，为了不危及查尔斯的生命，默里先生没敢把儿子也"皱褶"出来。梅格责备爸爸把查尔斯扔在卡马佐茨，要求爸爸把她再送回卡马佐茨查尔斯那里。这时来了三个怪物，他们站立走路，比人高得多，有四只手臂，手指是一些长长的飘动着的触角，头脸不像人，没有眼睛，只有几道凹痕，头上长着更多的触角。说话的声音不来自像嘴的凹痕，而是来自触角。这几个怪兽把梅格抱进房间里，精心照料着，设法使她的身体得到温暖，从瘫痪中恢复过来。

默里先生和卡尔文想不出营救查尔斯的办法，梅格认为只有召唤三位夫人来救助了。当怪兽弄明白三位夫人是谁时，三位夫人就立刻出现在这颗叫作伊克斯彻尔的行星上。三位夫人说在卡马佐茨她们实在无能为力，但查尔斯了解梅格，梅格是他最亲近的人，去卡马佐茨救他的只能是她自己了。临行前，沃齐特夫人送给她的礼物不是实物，而是她的爱。惠奇夫人把她安全地"皱褶"到卡马佐茨，留下一些话作为礼物，这些话是："你有伊特所没有的东西。这东西是你唯一的武器，但是，你必须找到它。"

梅格直接向伊特处奔去。在伊特的住所一个圆形建筑物的外面，她感到有一种不冷不热的光射过来，抓住了她，把她拽向伊特。一股强大的吸力，把她吸进建筑物里。查尔斯蜷缩在大脑伊特的旁边。什么是她有而伊特没有的呢？在同查尔斯的争论中，她发现是"爱"。她有父亲、母亲、弟弟、三位夫人和怪兽姨姨对她的爱，还有她对他们的爱。梅格一再深情地呼喊："查尔斯！查尔斯！"她泪如泉涌地讲述他们姐弟间的手足亲情，呼喊他离开伊特，赶紧跟她回来。查尔斯开始慢慢地向她走来。"我爱你，查尔斯！我爱你！"查尔斯突然飞快地跑过来，投入姐姐的怀抱，"梅格！梅格！"他哭喊着姐姐的名字，泣不成声。

查尔斯得救了。沃齐特夫人把他们"皱褶"到他们家的菜园里，父亲和卡尔文也随后到达。两个双胞胎弟弟和默里夫人从房子里跑出来，拥抱，喊叫，亲吻，手舞足蹈……

一阵呼呼的风声，三位夫人匆匆地离去，人们也许再也不会知道她们到哪里去了。

过去·现在·未来

〔美国〕纳特·沙克纳

海上骤然起了大风暴，巨大的浪头如山一样压下来，顿时天昏地暗。尼尔克斯·亚历山大将军的舰队被飓风吹得七零八落，许多军舰葬身海底。克里奥恩指挥的三层桨座的巨大战舰被巨浪摇动着，一会儿冲上峰巅，一会儿又跌入谷底，船上100多名受雇的埃及船员都吓呆了，他们张皇失措，不知怎么办才好。

克里奥恩，这位尼尔克斯·亚历山大将军手下最为得意的骁勇战将此时神情坚定。他知道情况到了最糟糕的地步，主要机械都失灵了，战舰只好随风浪摆布。经过几天几夜的搏斗，印度洋的飓风消失了，他们的战舰逃脱了沉没的厄运，漂泊到一个荒凉、偏远的玛雅土著人居住的荒岛上。

披盔戴甲，像年轻的太阳神一样的克里奥恩实在太疲倦了，他跳下战舰，依靠在巨大的礁石上睡着了。在梦里仿佛还看到自己的战舰正在海上和阿拉伯以及印度君主们的将领拼力厮杀，战舰燃起大火，熊熊烈焰映红了海面……

受雇的埃及船员背叛了他。残酷的战争和几天来海上的飓风吓破了他们的胆，他们不愿再为希腊远征军卖命。这里的安谧和美好吸引了他们，玛雅人像对待远方贵客一样招待了船员。女人们温柔可爱，她们古铜色的皮肤和含笑的眼睛令人赏心悦目。于是埃及船员聚集在一起，趁克里奥恩酣睡的时候焚烧了这艘三层桨座的战舰。

克里奥恩被烈火的呼啸声和炙热的气浪惊醒，他面前出现了一幅可怕的图画：战舰浸在海水里，烟焰劈劈啪啪，直冲热带的烈日，奔腾的火焰舔着船尾，最后一团烈焰吞噬了高耸在舰首的海神波希东的神像。

克里奥恩见被烧焦的神像摇摇晃晃，坠入海中，泪水模糊了双眼。他没有料到埃及船员会被玛雅人脚下的神秘岛屿所诱惑，现在他们焚烧了战舰，要和玛雅人一起过安逸平静的生活。克里奥恩是希腊贵族，他渴望投身出生入死的战争，不愿背叛自己最崇敬的尼尔克斯·亚历山大将军而苟且偷生。克里奥恩手按马其顿宝剑，愤怒地向畏缩在烧焦了的战舰旁边的埃及船员走去。

舵手郝梯普战战兢兢迎了上来，祈求克里奥恩宽恕他们。他恳请这个怒气未消的希腊贵族：如果您有什么要求，这些埃及船员，还有玛雅人都会尽力帮助。

克里奥恩知道一切都不能挽回了，没有了战舰，他无法奔赴海上。这时，他想起在他跟随将军远征，穿过陌生的亚细亚土地和印度河时，曾到过世界最顶峰。在那里，他遇见过一个学识渊博的圣人。那个圣人曾把克里奥恩领进一个封闭的洞穴，通过一个奇异的仪器，他看见一些在洞穴里休眠的人，他们大约要1 000年之后才会醒来。克里奥恩怒气顿消，他对吓得浑身发抖的埃及船员喊道："我要下决心沉睡一万年，按圣人教授的办法，在洞穴中把我封闭起来！"

船员们手中的长矛砰然落地。大家瞠目结舌，看着克里奥恩炯炯发光的眼睛，都吓得伏在地上。舵手郝梯普气喘吁吁地说，千万别让魔术一样的胡言乱语搅昏了头。克里奥恩用手挥舞宝剑，面容坚毅，谁也改变不了他的信念。

　　船员和玛雅人按照克里奥恩所说的办法，在一座火山下为他建造了一座小型金字塔。他们整整用了一年的时间，在尖锥形石块下建起一座万年不坏、密不透气，并能挡住任何外界污染的墓室。他们用石制的通道将墓室与喷烟吐焰的火山内脏联结起来。这样，用精巧的机关操纵着，旋涡般的硫磺气体和含硫磺的辛辣气味便以一定比例源源流入墓室。

　　克里奥恩从甲胄下面紧身皮短衣里掏出一个铅球，这是那个圣人送给他的。这个铅球的空壳中有一种可以燃烧几百万年的物质。其实这里面盛的是一盎司纯元素镭，冰河时期前的人就知道从矿盐中提炼，可惜以后失传了。郝梯普把克里奥恩送进金字塔里面的卧室里，退了出去，这时巨大粗糙的石块轻轻地"咔嗒"一声合上了。墓室密闭了。克里奥恩将铅球严丝合缝地置入壁龛，一按机关，铅球上极细微的小孔便对准事先放好的一个圆盘，一道奇异的射线腾起，圆盘上的荧光物质熠熠发光……

　　克里奥恩小心谨慎地躺在备好的地铺上，舒展开来，身边放着他的马其顿宝剑和锋利的投枪。他在一种火烧火燎的状态中突然感到一阵轻松，一种茫然朦胧之感向他袭来。他在逝去，墓室在他四周缓缓地旋转着。他的思绪穿过一片迷茫驰骋开去，他再也见不到家乡的藤萝了，再也见不到盘根错节的橄榄树了，还有美丽的雅典……万籁俱寂，时间仿佛停滞了。

　　斗转星移，时间过去了两千年。

　　美国人山姆·沃德在纽约一家辛迪加企业中领来一件报酬优厚却冒风险的差事：到危地马拉森林深处，探索这里是否有开辟香蕉园的可能性。

　　他很难找到向导。因为危地马拉森林里无路可通，瘴气逼人，到处都是扁虱和黄热病，还有令人发抖的无底沼泽，毒蛇猛兽随时都可能出现。

刚巧，他在酒馆里遇到了拿不起酒钱的如恩。山姆·沃德帮他付出一杯烈性酒的钱，如恩喝得大醉，便答应了带山姆·沃德进山的请求。

山路异常艰难，扁虱、蚊虫到处飞舞，有几次他们几乎陷入沼泽中。晚上，虎啸熊吟，猿猴悲叫，令人不寒而栗。山姆·沃德摇动着一把六个弹仓的左轮手枪，一夜都不敢合眼。如恩有些犹豫了，他不准备冒险给这个美国人带路。山姆·沃德一次又一次增加报酬，如恩才勉强带着他向深山走去。

在巍峨的火山脚下，如恩讲了两千年前曾有一位希腊贵族在这里安眠的传说。山姆·沃德正为找不到开辟香蕉园的地方而沮丧，他听如恩讲了古希腊人的故事，心想，香蕉园的事办不成，能考古也不错。于是又掏出钱来让如恩带他到金字塔前。他俩来到草木葳蕤的山坡，突然发现远处有跟踪的玛雅人，如恩突然大叫一声，跌进了玛雅人设置的陷阱里。山姆·沃德刚回过头去，不料也踩断一根藤蔓，滑进一个黑洞里。

他在洞里醒过来，嗅到一股地底下的霉臭味。他向洞口望去，上面阒然无声，甚至连鸟叫都听不到，他知道自己不能从洞口爬回去，玛雅人一定在那里准备捕获他。幸亏带了手电筒，山姆·沃德向洞的深处慢慢走去。不知走了多久，他发现了凿得很粗糙的墙壁，这意味着进入了墓室的隧道。里面很冷，空气有臭味，他用手电照着，深一脚浅一脚地向下滑去。突然，隧道中断了，他面前出现了一堵密封的墙。山姆·沃德认为，这堵墙中一定藏有什么机关。他用指摸索着，叩击着，探试着。突然，他一阵狂喜，他的食指触到了一个又小又浅，只有在压力下才能辨别出的凹面，他猛地一按。

奇迹发生了，眼前的墙壁似乎悄无声息地隐去了，他甚至没看到巨石在它的枢轴上旋转，只见前面红光闪烁。山姆·沃德跳了进去，一束奇异的射线从对面墙上的小壁龛里源源射出。在微微作声的光线照亮的昏暗一角，在从坚硬的石头上刻出的凹室中，躺着一个四肢伸开，一动不动的人。山姆·沃德见那人面色红润，仿佛是在睡觉。他向前挪去，莫名其妙地感到四肢迟钝，呼吸沉重。墓室中有一种奇异的黄烟，在他眼前闪闪发光。躺在石床上的人头发金黄，皮肤白皙，五官端正，轮廓鲜明，好像刻在徽章上的浮雕。裹在身体上的甲胄，仍闪闪发光……

山姆·沃德突然感到喉咙哽塞，像在噩梦中。他回过头去，原来启动的巨大石块又关上了。那些玛雅人的后代为防止有人挖掘金字塔，世世代代守候在这里。他们把长眠在这里的克里奥恩当做自己民族的神魁扎尔。当他们发现有人向这里走来，便紧紧盯上，用毒镖杀死了如恩，又悄悄地把山姆·沃德关进墓室中。

山姆·沃德一阵晕眩，手电筒从手中掉下来。他摔倒了，伸开四肢，仰面朝天躺在地上，手电筒的光熄灭了，他和克里奥恩躺在一起。

时光如水，又过去了漫长的一万年。

世界发生了奇异的变化。在27世纪的时候，各个国家民族主义势力抬头，国与国都断绝了交往，疆界上都筑起了攻不克的城墙堡垒。又过了几个世纪，大国逐渐消亡，地球分裂成为一大批自给自足、森严壁垒的城市国家。由于科学日益发展，食物可以用无机元素合成，原子力的秘密发现了。于是，各个城市国家又彼此作战，没有壁垒的农村早已完全荒芜，变成一片片野生森林和沙漠。那些城市国家却把自己封闭起来，封在无法穿透的巨大屏障里面。

玛雅人居住的地方一度成为美国人的殖民地，欧洲人和美洲人大批涌向这里。经过一万年的沧桑变化，金字塔被埋没于几千米深的岩石下面，古代希腊人的故事逐渐被忘却了。后来这里又成为了一个熙熙攘攘的大城市。城市的统治者为了抗击别的城市国家的侵袭，用一层中子金属屏障把城市包围起来，这个城市的名字叫希斯潘。大约在41世纪的时候，一个高速飞行，来自外部空间的宇宙体撞上了地球，相当一部分城市国家毁灭了，而希斯潘城在中子金属保护之下却完好无损。

在漫长的历史中，希斯潘的城市国家，形成了相当森严的等级制，最上等人为奥尔加克，他们不从事任何劳动，饱食终日，而对中层人士和下等人发号施令。下等人只能唯唯诺诺地服从，不能有丝毫反抗。

这一天，位处中层的技师汤姆森被一种莫名其妙的情绪所困扰，他离开自己的实验室，准备到地底最深处的传送道上去。在几千年的历史进程中，希斯潘城已经耗尽了煤、石油等能源。它所需要的是由下层工人开掘地下岩石，然后用震荡电子噪声器将岩石粉碎，产生的岩石粉末喂入原子破裂器中，在屏蔽高温炉中，将电子从原子轨道上激发出来，以此作为能源供给城市使用。

汤姆森匆匆向地下通道走去，下层工人毕恭毕敬地向他打招呼。他观看工人的操作，不断训斥那些他看不顺眼的人们。一个叫哈利的工人向他报告了一个新情况，在他打开介子发射器时，机器嗡嗡作响，发出蓝光，岩石下面变得像晶莹的玻璃般透明。汤姆森凝视着，不由自主地骤然一惊：一座精致的金字塔模糊的轮廓在下面隐约可见，被包围在岩层之下。汤姆森又调整了射线深度，使金字塔下的物体浮雕般清晰地叠显出来。只见两个躯体平躺着，一个身着锃亮的盔甲，四肢舒展地躺在一个壁龛里，另一个好像是无意识摔倒的，蜷曲在石头地板上。无论从相貌和服饰上看来，哪一个也不是希斯潘人，倒好像是来自另一个世界的陌生人。他们面容平和，好像睡着了一样。在封闭的墓室的一角，他看见一个圆球的影子，一道道细微的辐射线正从那些小孔中源源射出。

汤姆森情不自禁地发出一声惊叫。他冷静下来后，命令哈利将墓室外围的岩石层粉碎。钻机嗡嗡作响，穿透坚硬的岩石，粉碎机将四周的岩层吹成微不可见的粉尘，粉尘又被吸到真空输送管。过了一会儿，墓室暴露在眼前，一个工人把放置镭的球体投入一个铝制的容器里，哈利弯下腰去，嘴里直吞唾沫，他惊喜地说："他们还活着。"汤姆森觉得汗珠从他的秃脑门上沁了出来，他静静地守候在两个古代人的身边。

山姆·沃德吸取了新鲜空气，渐渐醒了过来，他眨了眨眼睛。接着，克里奥恩也醒了过来。两个人一跃而起，山姆·沃德拔出了手枪，而克里奥恩则握紧了他的马其顿宝剑。

汤姆森让两个起死回生的古代人安静下来，他讲了刚才发掘墓室的经过。这时，克里奥恩和山姆·沃德都回忆起自己进入墓穴的情景，不禁大笑起来。他们真不敢相信，时间已经过去了一万年，但许多事情恍如昨日。

汤姆森从备用箱中拿出两个电阻器来，绑在他俩的身上，一起登上巨大的传送管道，只用很短时间，他们便从5 000英尺的深井中升起，来到地面上。此时，群星闪烁，银盘高悬。克里奥恩和山姆·沃德被眼前的情景吸引住了。柔软翠绿的土地在人工照明下熠熠泛光，到处是奇花异卉，微波荡漾的内湖，蓝碧如镜；五光十色的建筑，布局宽敞，优美雅致……

汤姆森把他俩带到奥尔加克的首领加诺那里，加诺长得膀大腰圆，他的头发像深夜般乌黑，眼睛果断坚决，洞悉一切，而又令人不可捉摸。他坐在一张无背沙发上，细长的手指悠闲地摆弄着桌子上的镶板，他傲慢地打量着两个古代人。

加诺决定把他俩囚禁起来，因为希斯潘城里的人们对外面的事情一无所知。只有把他们像俘虏那样关押起来，对希斯潘城才是安全的。

加诺命令奥尔加克贵族阶层里的贝尔顿看管他俩。贝尔顿心地善良，他很快便和两个来自古代的人交上了朋友。克里奥恩给他讲述古希腊的悠久历史和远征，山姆·沃德介绍20世纪的社会风情，贝尔顿则向他们讲述希斯潘的形成和现状。贝尔顿越来越不满奥尔加克贵族阶层的统治，他告诉两个好朋友，加诺时刻都能将克里奥恩和山姆·沃德置于死地。加诺的办公室里有一个电钮，只要他一按动电钮，关押他们的房间立刻会毁掉。因此，他们应该逃出希斯潘城。

在贝尔顿的引导下，他们乘坐运输传送管道又风驰电掣般地回到了墓室里。在那里，克里奥恩在古老的墙壁上找到一个几乎看不见的凹点。他轻轻一按，一面墙自动旋开，露出一个黑洞，这里通向火山口。这时，他们听到一阵低沉的嗡嗡声，一下子又变成令人无法忍受的尖啸声。是加诺发现他们逃走了，他命令打开粉碎机，顿时脚下的岩石疯狂地抖动着，井口完全被堵死了，金字塔也倒塌了。加诺永远也不知道墓室里还有一个通向火山的通道。他们三人迅速钻进通道，在一条漆黑、漫长、陡峭的路上爬行。道路突然开阔了，他们爬上了碗状的火山口，山姆·沃德走在最前面，他抬头望去，高喊一声，"星星，我看到星星了！"

在马德利山岭的高峰环绕之中，兀立着庞大的中子墙城市希斯潘，另一边是树木茂密的森林。他们终于逃脱了禁锢之城希斯潘，三个人坚定地面向东方，面向太阳升起的地方，缓缓走下山去。

长大之后去干啥

〔美国〕本福德

一

整整一星期，马克被一个问题困扰着：长大以后去干啥呢？

他参加了学校的讲座、讨论会，也看了不少各种职业的介绍影片，甚至专门走访了几个工作地，可是，他的确不知道自己的爱好到底在哪儿。本来，他才十几岁嘛。

"也许……我应该去当牛仔？"

他的话在饭桌上引起了一阵哄笑。

"现在哪儿还有牛仔啊！"姐姐克莱尔尖刻地说。

"可电视里……"

"那都是演员，他们在演戏！"

"要不我去当洗照片的冲洗师。"他又想出个好职业。

"可怜的马克，现在的照片统统由机器冲洗了。"

马克咬了咬嘴唇，不再讲话了。

"也许……也许你可以参观一下我的实验室。"讲话的是爸爸。他是个全球闻名的科学家，整天都在思考问题。这使得马克觉得有点虚幻，理论那东西，看不见摸不着。他倒宁可和动手做的事情打交道。

就像是看出了马克的意思，爸爸接着说："我的工作有时也要动手，要装配仪器来检验理论，比如，我现在正指导人们装置一架时间机器，这是世界上第一台……"

"等等，爸爸。你是说，你在造时间机器，能在时间里旅行的那种？"

爸爸点点头："能回到过去，也能到达未来。"

"嘿，爸爸，我一定得去看看。"

二

他们推开一扇很重的门，来到了宽敞的实验室。稳压电源、电脑监视器排成了一条线。许多粗大的、色彩斑斓的电缆从房间的上下左右穿过，马克差点被它们绊倒。

他们再往里走时，才看到了一些穿大褂的工作人员在紧张地忙碌。机器的嗡嗡声显得既单调又均匀。

"时间机器在哪儿？"马克问父亲。

"哪儿？这里的东西全是。"

"我还以为……"在马克脑海里，时间机器应该像一部汽车，科幻电影里就是那么演的。还有穿红制服的"未来战士"，他们手握激光枪，到史前世界去打恐龙。

他们来到了一个小点的房间。房子中间有一个像路边电话亭似的东西，亭子里有一把普通的木制座椅。

"这儿就是时间机器的心脏。"

"看起来平平常常嘛……"马克评论说。

"把手指伸给我。"

"干吗？哎呦，疼！"

父亲解释说，刚才是把他的手指插进了取皮肤的自动仪器，这仪器可以分析并记住每个人细胞中的DNA分子结构。

"这就像个身份证，它能使你在未来中不至于丢失。要知道，未来的马克和现在的你不一样，机器实际上并不是将你的身体带到未来，而是使你的一部分意识进入未来。"

"一部分……意识？"

"对。比如你现在到了未来，那么你将用那时马克的眼光看待一切事物，懂吗？未来的马克，这机器实际上是沿着一条你的时空轨迹在追踪你的未来，懂吗？只跟踪你，不会影响到他人的未来发展。"

"当然……"马克心中已在打主意了。

门在身后关上了。房间里只有马克一个人了。他研究起那些电钮和键盘。有两只键盘上标着字迹：

未来时间

年份　月份

马克把年份调整到距今15年以后，月份嘛，他选了10月，因为他喜欢秋天。就这样，还没来得及思考下一步的行动，他就关上了电话间的小门。

"哐当！"门锁上了。正面的红灯转成了绿色。马克坐到木椅上，这样他瞧见了另一只钟样的键盘，上面写着：

在未来停留的时间

马克调出了整整45分钟，他觉得这就不算短了。他刚一结束动作，钟就嘀嘀嗒嗒地走了起来，控制板上的一个小屏幕闪出了"准备完毕"四个字。接着，亭子嗡嗡地响了起来。马克最后看了一眼电话亭外的挂钟，指针正指在下午4∶36上。

嗡嗡声增强了，光线暗了下去。紧接着，嗡嗡声变成了尖锐的啸叫，灯光蓦然熄灭，然后，一声巨响。

三

电话亭子消失了，实验室也不见了。马克环顾左右，他是站在一间宽敞、寒冷的房间里，一阵有节奏的"邦邦"声从附近传来。

他转过身，这才看见一个戴工作帽的人正在用锤子修理一辆撞坏了的小汽车。

"嘿，过来。"那人喊叫，"帮我拿拿这个。"

马克跑过去时，差点没被绊倒，他这才发现，还有其他人在修其他的汽车，这是个修车铺，地上散乱地堆放着轮胎和零件。

"抬起这个。"那人指着汽车前头的一块金属格子说，"不行，再高点，用劲儿呀！"

马克使劲儿抬着，那人开始用橡皮锤子敲打起来，声音震耳欲聋。

马克琢磨起那辆车来了。这车子真小，迷你型的，尾部那么窄，又矮得要命，可怎么进去呀！忽然，马克明白了，这就是15年后的车呀！

等干活的人把铁格子上瘪下去的部分敲直了，马克才直起自己的腰。这腰还真有点酸痛。他低头一瞧，好家伙，自己的蓝色工作服简直快被胳膊和腿部发达的肌肉撑开了。他不是孩子了，他是个真正的男人了，手上长着厚茧子，下巴上是又粗又硬的胡子。他长成了这个样子，还真有点让自己意外。

他走到窗子跟前，外面正在下雨。在路的另一头儿，有些家伙正在补路面，他们挖土、熬沥青，再一桶一桶地浇到路上。马克擦了擦眼睛，他简直不相信，那些干活的竟然是黑猩猩。

这些黑猩猩和动物园看到的不一样，他们都穿着长袖的黄制服，干得很起劲，还时常停下来，歪着毛茸茸的脑袋听一名领队的人讲话。马克很奇怪：他们真的懂人的语言？

"嘿，马克，别发呆了，快干活吧。"

他只得回到车子跟前干起来。一下又一下，马克渐渐地感觉到他挑选的"动手干"的工作，只被自己身体的一部分所喜欢，而另一部已经讨厌了。正当他无法确定自己是否真的乐意从事这项工作的时候，修车铺的声音小了下去，光线消失了，接着，又是一声轰响……

一片沉寂中，马克睁开眼睛，他又坐在那亭子中间了，他看了看外面的钟，指针仍然是4：36。真有意思，他在未来呆了整整45分钟，可机器把他仍然带回了他离开的那一时刻。

四

我真的要一辈子当修车工？

回家的路上，马克不情愿地想了又想。

"爸爸，有人用过时间机器吗？"他问。

"当然。有的人已到过很久远的未来，那是他们自己的未来。"

"可这就是他们的未来生活吗？"

"也不一定。可以这么说，只要你坚持住自己的想法，沿着现在的路走下去，你就会到达你所看见的未来。"

"如果我并不喜欢看到的一切呢？"

父亲摸了摸下巴："这……我可真没想过。"他朝马克笑了笑："你倒提出了个有趣的科学问题。我们常把时间机器引入的未来，称作个人的可能未来，这可能性到底有一个，还是不止一个，的确要好好研究研究。"

"瞧，我大概是个科学家的材料吧？"

但是，晚饭一吃过，事情就全变了。姐姐克莱尔大谈学校里的女子橄榄球队，还挑战似的对马克说："你本来不是挺能玩橄榄球吗？干吗整天照相洗相呢？你参加橄榄球队吧！"

"这又有什么，我大概还会去职业队呢！"

以后的三个月里，马克把自己沉入了橄榄球世界。每天下午他都去户外练习；周末，他与朋友们比赛。一有空闲，他手里准是一本讲述打球技术的书籍；梦中，他带球漂亮地倒地得分……

一天下午，摄影队的好友安娜叫住了马克。

"喂，马克，你越打越好了。"

"我觉得踢球比修汽车来劲得多。"马克承认道。接着，他又关心起安娜来："你准备自己拍一部电影吗？"

"可不，摄像机我都买了。"

"这太好了，看来咱们长大以后的前途都定好了。"

但是，马克真的决定了自己未来的生活吗？一天傍晚，当他放下手中的橄榄球书籍时，忽然想到了这个问题。

他必须再到未来验证一次。

五

实验室和他上次见的差不多，仍然那么喧闹。父亲指点着新安装的仪器，讲述着它们的作用。在这一段时间里，马克提出的问题也有了一定程度的解答。科学家们计划送更多的人去未来，虽然每个人自己的未来和其他人的未来多少都有不同，但基本情况大同小异，这样，就可以拼出一幅我们未来的图画。父亲告诉马克，一个人如果不喜欢他看到的自己未来的生活，是可以通过努力，来避免那种未来的，或者换句话说，走向另一个可能的未来。

如果那样，马克心里想：我肯定会进入另一种可能的未来。这样，当机会再一次到来，当父亲又一次被人叫走的时候，他迅速行动起来。他再一次坐进亭子间，调好了时间刻度盘。他的心在蹦蹦地跳动：他能不能看到一个不是汽车修理工，而是运动员的马克呢？

小亭子间又嗡嗡地振颤起来，下午2：26分，马克随着一声巨响，到了又一个未来。

从远处传来隆隆的喧闹声……

猛地，他被什么东西狠狠地撞到了地上，跌了个嘴啃泥。那东西重重地压在自己身上，还在蠕动。那是一个人。

"嘿，你要我命啊！"马克大喊着。

重量撤去了，马克才看清，站在面前的是位彪形大汉，他穿着一套有护垫的橄榄球服。

"别叫个没完。"那大汉粗声粗气地说，"上一次，我比这撞得还重，不是吗？"

小雨淅淅沥沥，马克能听到不远处运动员们互相撞击的声音，这肯定是在橄榄球场上，嘿，我成功了！我成了真的橄榄球运动员了。

马克四面看了看，他正在一座巨型体育场中。一架奇异的、蓝色香蕉状的直升机，在体育场上空嗒嗒嗒地响着。

"嘿，马克，别白日做梦了！"教练喊道。

他收住心思，跑到前锋线上。球正在自己队手中，短兵相接的两队队员中有个空隙，马克想，那肯定是自己的位置。他做好了屈膝的姿势，隆起背。

中锋抓起球向前扔去。马克向前扑去，但是被对面那个大个子撞了个正着，他们俩都摔倒了，球失去了控制，滚到一旁。

"球，追球！"有人喊着。

马克的队友跑过去了。这让他深深地吸了口气，他相信自己队的人拿到球了。

下午过得很快，马克在前锋线上一次又一次地阻止敌人，保证了己方的一次又一次传球，他的胳膊、膝盖、髋关节越来越酸痛，他满嘴都是泥味儿，橘黄色的运动服现在已无法辨认出颜色。

不知不觉中，天渐渐晴了，云雾正被风吹散。这时，天空中一个小小的亮光抓住了他的视线。那是什么在闪光？是星星？似乎大了，是飞机，可它并不移动位置。

忽然，马克恍然大悟，那是一个空间站，一个地球同步轨道空间站！嘿，多好，银色的，像个旋转的小轮子挂在空中，它一定大极了。

"马克，回到你的位置上去！"

教练的吼声，使马克再一次加入到摸爬滚打的训练中。他浑身上下像是要散架子一样。他真希望练习赛快点结束，他已经对橄榄球不那么热衷了。

"跑啊！"

"接球……"

"马克，你顶住……"

正当马克再一次闭紧双眼，准备抵挡对方运动员的强烈攻势时，轰隆一声巨响，他离开了未来世界。

六

马克睁开双眼，一切都回到了他离开时的样子，空气显得暖洋洋的，雨声没有了，球场、撞击、酸痛的肌肉似乎都不存在了。墙上的挂钟告诉他，现在是2：27，也就是说，在现实世界中，他只消失了一分钟。

实验室的门开了。马克赶紧离开座椅，走出电话亭子，可是父亲还是注意到了墙上仪表的变化。

"怎么，你去时间旅行了？"

"嗯……我……"

"你可真行，你知道这有多危险？"父亲的脸显得那么难看，马克低下了头。

"如果万一机器出了毛病，万一有什么小故障，你就再也回不来了。我们每次做实验，都是许多人在场，以防万一的，可你……"

"对不起，爸爸……"

忧郁、烦恼，加上生自己的气，这使马克不愿意立刻回家。公共汽车从学校门口经过时，他听到了下课声音，而且看见了自己的好友们走向各自的业余活动小组。他于是跳下了汽车。

敲门过后他等了好一会儿，摄影俱乐部的门才打开。马克走进暗室，在安娜已洗好的照片上看了一会儿。

"照片内容不错，只是不太清楚，你得这样……"他很在行地替安娜洗了一张。当显影液中的相纸渐渐有些变化时，他们看到一棵小树和天空中的云彩。

"你拍得不坏。"马克把相纸湿淋淋地取了出来。

"嘿，等一等，图像还不清楚呢！"安娜叫道。

"喊什么呀，我知道，可这样效果更好。"他指了指相片中远处那些模糊的线条和云彩："看看，多美，那云像是棉花，你不能让它太清晰了。"

安娜眯着眼看了一会儿："嗯……马克，我想我已经明白你的意思了，朦朦胧胧显得更漂亮。你将来该干这一行嘛！"

马克摇了摇头："我姐姐说，洗照片早都是机器干的事情了。"

"那是一般照片，可艺术摄影不一样，傻瓜！你完全可以当我将来拍摄的艺术电影的洗印师了。"

马克真高兴。他之所以喜欢安娜，很重要的一个原因就是这女孩子讲什么都自信心十足，她有多可爱呀！

七

那天晚饭之前，马克和父亲一起去散步。他们爬上了离家很近的那座小山岗，回头观望。城市已经收住了光颜，仍然发着橘红色的太阳挂在天边。

爸爸先开口了。

"我已经跟你妈妈谈过了，我们想，大概我们知道你为什么要动用时间机器。"

"我是想知道长大之后的去向。"马克静静地答道，"我也的确知道了。"

他叹了口气。他觉得，这短短的一天发生了太多的事情，他很累。

"不过，"爸爸插嘴说，"你看到的只是可能的未来，现在并不能肯定你将来绝对去干那种工作。"

"可，爸爸……"

马克再也憋不住了，他一股脑儿把旅行的事情都讲了出来。他讲到了修车铺里的工作，讲到自己为什么不喜欢那工作；他还讲到了巨大的体育馆，讲到作为一个职业橄榄球运动员的感受。当他向父亲描述黑猩猩如何工作的时候，父亲听得津津有味；而当他讲到那天空中漂浮的巨大银轮太空站时，父亲和他一起感叹。他还告诉父亲，他喜欢橄榄球这事，是弄错了，其实，他是想当一名科学家，在未来的太空站中工作，然后，他还会……

父亲笑了："儿子，每种工作其实都有两个方面。当个汽车修理工不是总有乐趣，运动员也有让人讨厌的地方，那就更何况当科学家了。你不能只看到好的方面，而不去考虑那些不尽如人意的地方啊。"

马克皱着眉头想了想，然后问："爸爸，你自己做过时间旅行吗？"

"没有。"回答得很干脆。

"为什么？"

爸爸把手插进口袋，动了动脚，把一块石子踢向山下，这石头在可见的范围内撞来撞去，不住地滚动。

"每个人都对未来很感兴趣，但是，15年之后我自己在做什么事情，这对我来说并不重要，重要的是我现在正做的事情。此时此刻才是最有意义的。"

马克的脑海中忽然想到了安娜的照片。的确，如果事物朦朦胧胧的，可能比清清楚楚更好一些，对未来也是一样。

"儿子，别去想事情将会变成什么样子。你该向自己提出的问题是：'现在想干些什么？'"

马克笑了。回想起校园中发生的一切，他真的还没给自己提过这样的问题，他一直在给自己这样的或那样的未来打包票，可是没想过如何一步一步地从现在做起。

"行了，孩子，一次能计划一步，已经足够了，不管未来是什么样，都得从现在开始。"

马克看了父亲一眼，脸上泛起了笑容："太对了，爸爸，从现在做起。我干吗总是替明天的事担忧呢？"

（吴月　译）

宇宙飞船历险记

〔美国〕路易斯·斯洛博金

8月中旬的一个夜晚，埃迪·布洛临睡前站在奶奶家的门廊里，遥望着繁星密布的夜空。

"奶奶，今晚流星真多！"他喊道，"快出来看呀！……好多好多。"

不一会儿，奶奶从屋子中走出来，边在围裙上擦手边问道："埃迪，刚才你说了些什么？"

"奶奶，我是说流星，就是大的陨星或某些东西，它一掠而过，不停地燃烧，有时没烧完就落在地上……砸一个大坑……瞧，又一个！真好看！……就掉在苹果园后面的山脊那边了！"

"哎呀！哎呀。"奶奶喊道，"真好看，但希望它飞过山脊，千万别掉在地面上，很可能它正好掉在苹果树王上。"

原来那苹果树王是埃迪奶奶的爷爷所种的第一棵果树，而园中所有别的果树都是它的子孙后代。

埃迪和奶奶谈论着流星，不知不觉到该睡觉的时候了。奶奶说："埃迪，快去睡觉吧！明天你起床后，第一件事就是应该去看看果树王。"

"好吧！奶奶，我当然要去，晚安。"

埃迪说完就跑到楼上的卧室中，连鞋也没脱便一头扎在床上陷入了沉思：

　　如果流星当真掉进苹果园怎么办？

　　如果它正好掉在果树王上怎么办？

　　如果它此刻正在果园里燃烧怎么办？

　　流星燃光了将是什么样子？

　　埃迪今年11岁半，戴着一副眼镜，喜欢科学和自然，他常给自己提问题，然后想办法找出答案。他在图书馆里看了很多书，并且喜欢收集各种小动植物标本。每年假期都在奶奶的农庄度过。

　　当埃迪想到流星的许多问题时，他再也睡不着了。他终于决定背着奶奶到果园中去看看。

　　埃迪穿过崎岖的山路，还好，月光很明亮。他左拐右拐来到树王附近，借着月光，埃迪突然看到一个东西，使他毛骨悚然！

　　在距地面约10来英尺的一个大树杈上，有一个东西在晃动。样子光秃秃的，很怪……

　　啊！原来这是一个身材矮小的人！

　　这个小人站在树杈上，头朝下倒立着，他站在那就像站在平坦的地面上一样自然。小矮人约3英尺高，他好像正借助月光用一个小望远镜朝村子里瞭望，边观察边记录，把所有记录都输入一台微型打字机里。突然他掉了下来，砰的一声头先着地，但这对他毫无影响，因为他立刻就站了起来。等他站稳时才发现埃迪。他调整了一下没有引力的鞋子，走到埃迪面前问道："你……是本地人？"

　　"是。"埃迪回答，"你在我奶奶家的果园里干什么？"

　　埃迪显然对这位不速之客很反感。说着竟冲动地上前要揍那个小矮人。只见小矮人用手指轻轻一点埃迪。

　　埃迪猛地坐在了地上！

　　"慢慢讲……不要发火。"小矮人说。

埃迪从地上爬起来，握紧了双拳。

小矮人也威胁地伸出了他的手指。

原来小矮人是马蒂尼星球来的考察者。埃迪知道他的来意后，才消除敌意，和他友好地交谈了很长时间。之后，小矮人让埃迪来到一个沟边并让他观察了他的宇宙飞船。这只飞船在月光照射下，很像一个翻过来的大金属盘子。它的直径约有15英尺，表面有许多奇怪的小零件，沿着外缘整齐地排列着。等小矮人让埃迪看完他的宇宙飞船后，便快速地用小树枝把它藏好。

埃迪邀请小矮人到奶奶家留宿，小矮人很高兴地同意了。他用手架住埃迪的胳膊，扭了一下鞋上的按钮说了声："时速40英里。"这时埃迪发现，他们一眨眼的工夫便到了奶奶家。

第二天早晨，埃迪被奶奶叫醒，他发现此时小矮人已不知去向。埃迪吃了一点儿早餐，便冲出房间向果园奔去。埃迪来到树王旁，发现小矮人正在那个很深的沟里。小矮人发现埃迪来了，便拿出一个像小风车的东西，按了一下按钮，这时小风车飞速旋转，他把风车举过头顶，小矮人嗖地升了起来。原来这是一架微型直升机。

小矮人把埃迪引入沟中并参观了他的星际火箭盘。

埃迪顺着小梯子爬下去，来到宇宙飞船里面的圆形房间。房间很亮，但看不见光源，什么灯也没有。神秘淡蓝色的光好像直接从墙射出来的。房间里没有阴影，房间长约10英尺，高约6英尺。中央有一根很粗的金属柱子，各式各样的小机件、齿轮、杠杆和仪表占了半个房间，另一半摆放着一些柜子，柜盖上安着一排小环和旋钮。小矮人向埃迪一一介绍星际火箭盘中的各种设备名称："这是超音速指示器，电子放大器，微光度计，分光仪，单色绘画器，干扰消除器，星际通信系统……。"

当小矮人想不起某个零件的恰当英语名称时，他就翻阅他的小盒子字典。埃迪对小矮人提问道："星际火箭盘是怎样运转的呢？也就是说，它靠的动力是什么?"

小矮人向室中间柱子那边走去,他按了一下旁边的电钮,一扇小门打开。埃迪发现一大卷发亮的金属线,这金属线有3英寸宽,线的一端插进一个与暗箱一般大小的小黑匣里。小黑匣子连着一根金属杆,那只金属杆一直通到柱子顶端。

小矮人说:"这就是秘密Z动力。"

埃迪惊讶了。

小矮人说:"这种线在真空装置中爆发,秘密Z动力产生强大动力,输送给火箭。"

"哎呀,我看它与原子能差不多。"埃迪说。

"原子能!早过时了,在我们星球原子能只用在缝纫机上。"小矮人嘲笑般地说。

埃迪惊讶地张了张嘴巴,没有说出话来。小矮人怕Z动力和小黑匣子失踪,于是把它们带到了身上,并且要求埃迪替他保守秘密。过了一会儿,埃迪带着小矮人回到奶奶家里。奶奶很高兴埃迪认识了这样一个朋友(当然,奶奶并不知他是外星人),并叫小矮人为马蒂。

埃迪和小矮人吃过饭,奶奶让他们去买东西。小矮人换上了一条埃迪的蓝裤子并把秘密Z动力线圈和小黑匣子带好。埃迪领路,他们爬过院墙,跳过墙根的小溪,兴高采烈地向杂货店跑去。

在杂货店里他们遇到杰克上尉,杰克上尉按照奶奶的货单为他们置办好了一切所需货物。这时,又遇到了本村的校长皮尔逊。皮尔逊校长欢迎小矮人和埃迪参加下周四在米勒塘边举行的童子军大会。在回去的路上,他们发现一架飞机,于是小矮人边观察边做记录。

当小矮人要整理一下仪器时发现自己的Z动力不见了,他脸色惨白。

"Z动力哪去了?"他绝望地颤声说,"Z动力找不到了。"

于是他们在换衣服的牲畜棚里,在走过的路上,在杂货店里,在所有到过的地方，所有能找的地方都找了，就是找不到Z动力线圈。

埃迪发现小矮人在牲畜棚里爬来爬去，像一只受惊的大老鼠，窜来窜去。突然小矮人发现Z线圈在地上留的痕迹。

原来，线圈确实在小矮人换衣服时丢在了牲畜棚里。奶奶在补纱门时，发现了这个线圈，并且用了一块儿。用之后又把余下的放回原处。再就不知哪儿去了。

小矮人所有的仪器都没有动力了，需要Z动力来补充，埃迪把奶奶补纱门的那块Z线圈拿下来，交给小矮人补充仪器所需的动力。

小矮人和埃迪找了整整一下午，始终没有找到，小矮人伤心极了。到吃晚饭时，他没有同埃迪一起回去吃饭。他悲伤地对埃迪说："如果Z线圈找不到，那么它就会受潮失效。我必须回到星际火箭盘里去，必须与马蒂尼星球取得联系，报告紧急情况。"

那天夜里，埃迪和奶奶坐在门廊里。奶奶说："瞧，埃迪，朝天上看。树王背后山脊那边在打闪，要有暴风雨了。"埃迪默默无言，他知道，这是小矮人在发信号。他心想，这微小的光亮能与马蒂尼星球联系上吗？

次日清晨，小矮人很早便到牲畜棚里去寻找。不久埃迪也来了，突然他指着地板上发出奇妙蓝光的地方喊道："嘿！那是什么？"小矮人转身看了看埃迪，只是耸了耸肩。

"这没有什么，Z动力在这碰过地板，Z动力快用尽时就会发出这样的光，很快就会消失，也许一天，也许两天……星际火箭内部就是用这种光来照明的。"

小矮人和埃迪找啊找，后来在公鹅的嘴上、山羊的胡子上发现蓝光，小矮人和埃迪立刻抓住它们。小矮人用X光透视，看是否被它们吞食到腹内。结果大失所望。

埃迪最后放开山羊，当他们看着它跑出牲畜棚时，埃迪转念一想："咳，我知道怎么回事了，可能是它们其中一个把Z线圈叼到别处了。我常见到这只老公鹅嘴里叼着一片木头或别的东西在院里走来走去。这只老山羊也有时叼着东西乱跑。就是那么回事，其中一个把它们叼到别处，又把它丢了。"

小矮人赞同埃迪的想法，于是他便天天跟踪老公鹅和老山羊。

奶奶说："唷，可怜的马蒂，连鹅和羊都未见过，哦！太可怜了。"

苹果园的浆果一下子全熟了，奶奶让埃迪去采摘。奶奶把果子做成罐头，还做浆果饼和松饼。每年夏天，埃迪和奶奶都如此。所以在小矮人跟踪羊和鹅这段时间里，埃迪很少与他碰面，他也想帮助小矮人，总觉得对不起他。

一天晚上，埃迪可下忙完当天的活计，便来陪伴小矮人。他们坐在河边，埃迪用一根树枝在水里搅动，他搅起泥沙，用棍子尖把枯叶和乱草挑起来；然后又抛入水里。无意之中从水里挑出了失踪很久的Z线圈！遗憾的是，Z线圈受潮，失去了效力。

小矮人失望极了，他默默地向果园中走去。埃迪望着小矮人远去的背影，很是同情。

童子军大会要到了，埃迪说服了小矮人同去，以便调解一下他的心情。小矮人同意参加。

埃迪和小矮人到达时，童子军大会正在热烈进行。埃迪穿着童子军制服，奶奶把埃迪幼年的童子军服给小矮人穿上。

米勒塘边的牧场里搭了三个帐篷，每个帐篷前都有一个牌子，上面写着童子军番号，每个帐篷前都有一面旗子迎风招展。埃迪发现皮尔逊先生吹着哨子正在333队前布置和指挥着什么。当他见到埃迪他们，便友好地喊道："哈罗，童子军队员，欢迎你们参加这次盛会。"

后来，皮尔逊先生给大家布置了参赛任务。埃迪参加了三项竞走、四项游泳、一项烹调，一项装拆帐篷、一项急救赛，并且还是拔河中的一名队员。

小矮人任务较轻，可能是因为他穿着埃迪幼年的童子军军服。皮尔逊先生认为他还很小，比赛经验少，只让他参加"两人三腿"（和埃迪一组）百码短跑，套袋赛跑，搜索比赛和一项游泳赛——潜泳自由式。埃迪答应小矮人赛前把比赛规则讲清楚。

尽管埃迪把规则说得很清楚，小矮人还是似懂非懂，以至于在比赛中拿出了他的无线电动力微型直升机，装上轮子就转起来了，他离开地面，一眨眼就到了终点线！当然，除了埃迪别人是不知道这个秘密的。后来，埃迪告诉小矮人这是不公平的，小矮人很惭愧。

由于每次比赛小矮人都取得胜利，会场的童子军高呼着："马蒂，马蒂！真棒！"每个人都为他喝彩。

大会闭幕时，童子军唱完童子军军歌之后，皮尔逊开始给优胜者发奖。当给小矮人——马蒂发奖时，马蒂走上前去，接过奖品，看了一会儿，又把奖品扔到皮尔逊手中！

他指着自己说："我不是个好童子军。"

说完转身就走了，埃迪在后面追赶上他。皮尔逊吃了一惊，但由于还有许多奖要发，他就没停下来，小矮人和埃迪向奶奶家默默走去。

他俩在苹果园分手前，埃迪教小矮人握手方法，接着把手伸出来。

"马蒂，你知道吗？我想你是个很出色的童子军。"

马蒂默默无言，埃迪知道，他有极重的心事，那就是失去秘密Z线圈动力，无法返回马蒂尼星球。

自从童子军大会之后，埃迪常与马蒂见面。因为埃迪要回纽约上学，这是在奶奶农庄的最后一个星期了。他带着小矮人去钓大头鱼，小矮人竟然不用鱼钩，而是用手来抓，结果那一次收获很多。他又带马蒂走访附近的村落。他又和马蒂聊天，可马蒂从不谈起星球上的事以及家庭的情况，只是有时讲一讲科技方面的故事。

埃迪和马蒂两人徒步旅行了"荷兰人山谷""印第安人洞""华盛顿岩

石"，虽然旅行很劳累，但他们获得了很多知识。

8月最后一天的下午，埃迪到杂货店给奶奶取挡风玻璃和周报。他刚进杂货店，狂风忽起，埃迪进门后，杰克上尉高喊："把门关上，来怪物了！看那块乌云……我在这个村里住了近八十年了，从没遇到过这么怪的暴风，一定是什么怪物在作怪！"

那块乌云，有人说像雨伞，有人说像大蘑菇，又有人说像烂腌菜。云来得快，风停得也快，谁也弄不清是怎么回事，这一切太突然了。这一阵子可怕的狂风把尘土和树叶高高卷起……哗啦啦一阵响，大如碟子的雨点把树叶和尘埃打回地面，……风停了，立刻晴空万里。好像什么事也未发生。这场怪风没损坏任何东西。

在刮怪风时，奶奶还担心埃迪会被怪风刮走呢。埃迪平安回来，奶奶很高兴。

晚饭后，埃迪和奶奶谈论小矮人的事，埃迪担心，他上学走后，马蒂会很寂寞。奶奶答应好好照顾马蒂。

这时门廊里传来了脚步声，原来是马蒂来了。他没有穿埃迪借给他的那条蓝裤子，而穿着自己的那套整洁的深绿色服装，衣服上的扣子擦得雪亮。

奶奶让他吃饼，马蒂微笑着说："我是来告别的。"并且做个手势表示对奶奶非常感谢。

埃迪非常疑惑。

"怎么回事，马蒂？"埃迪激动地问，"怎么，发生什么事了？"

马蒂快速看了看手镯上当手表的刻度盘。

"必须回马蒂尼星球。今晚启程，午夜之前3小时起飞。"他轻松地说，"没有时间交谈了。"

埃迪在脑海里快速计算着。

"你是说午夜前3小时动身吗？是不是9点钟？哦，时间还很充足。快告诉我发生了什么事，快告诉我吧！"

马蒂皱了皱眉，深深地舒了一口气说：

"今天美国夏令时3点收到马蒂尼星球发来电报。"

"什么！"埃迪喊道，"你收到来自……电报上怎么讲？"

"电报上讲，要我做好准备，他们将给Z线圈输送雷达——星际——超动力——防磁辐射线，叫我把Z线圈露在外面。"

"啊呀！你是说Z线圈又有动力啦！"埃迪高兴地说道。

小矮人马蒂得意地笑了，从衣袋里掏出Z线圈。Z线圈在他手里像个小月亮在黑暗中闪闪发光。

"他们是怎么找到你的，马蒂？他们怎么会知道宇宙飞船在奶奶家的果园里？"

小矮人瞪大双眼，好像觉得埃迪问得太愚蠢了。

"马蒂尼星球的科学家使用星际特殊通信射线。在马蒂尼星球上，我们的科学家随时都知道宇宙飞船的确切位置。"他得意地说。

他说，收到这封惊人的电报之后大约只有1秒钟，一种巨大的动力冲击在星际火箭盘的火箭轴上。霎时，宇宙飞船里的墙壁发出淡蓝色的光。停了几星期的仪器和机件动的动，响的响。安置在适当地方的Z线圈又劈劈啪啪地响起来了。星际火箭盘又有了秘密Z动力了！

"喂……"埃迪打断了他的叙述，因为他想起下午在村子里目睹的这场怪风和乌云的事。"喂，我猜下午突然出现的怪风和乌云是……"

"什么乌云，什么怪风？"马蒂问。

"今天下午，我在杂货店见到的，"埃迪说得很快，"最初，这块大乌云像一棵大腌菜……喔，我推测这场怪风是马蒂尼星球输送巨大动力引起的，肯定是！"

"不是，不可能！"小矮人生硬地说，"马蒂尼的科学家不会搞错！他们只是给星际火箭盘输送动力。巨大的动力在宇宙间一直对着一点输送的。科学家定位准确，不会搞错。"

"但这阵怪风是事实，"埃迪执拗地说，"也许是这种动力扩散出了一些所造成的。"

小矮人耸耸肩似乎承认了他的推断。

"给星际火箭盘补充了巨大动力之后，我收到了第二封电报，电报让我立即返回星球。"小矮人说，"今晚9点必须返回。"

"咳，真棒！"埃迪高兴地说道。

小矮人摇了摇头，看上去并不高兴的样子。

"怎么，你不想返回星球？"埃迪问。

"想回去。"小矮人说。

"那是怎么回事？"埃迪问。

"因为我没有在预定的时期内考察完我要考察的地方。特别是马蒂尼星球对美国的科学特别感兴趣。可是我没有完成任务。"小矮人难过地说。

"喔，对了……我想可以帮忙……在这儿等一会儿。"埃迪想了一会儿对马蒂说。

过了不久，埃迪从屋子中抱出一堆关于美国的历史、地理、政治……方面的书送给小矮人马蒂，顺便又送给了他一套童子军军服。小矮人高兴得不知怎么感谢好。

他俩沉默了好一会儿。突然小矮人把东西放在门廊上，转身忙乱地从身上衣袋里掏出两件闪光的小玩意儿。

"这个送给奶奶。"他拿出一个金属线做的戒指，指着房内说。然后又拿出一件东西，"这个送给你。"原来这是一枚童子军徽章。这两件东西都是用珍贵的Z线圈做成。

接着，小矮人把书和制服拢在一起，把手伸向埃迪。

"再见……朋友！"小矮人说。

说完，他快速弯腰调了一下脚上的按钮，时速60英里，一眨眼就离开了门廊。

埃迪把戒指转交给奶奶，她很高兴，夸奖了马蒂，并希望再见到他。

夜幕降临，北极光在天空迂回闪动。埃迪和奶奶看着北极光流动着，摇曳着，一直到完全消失在黑暗中。客厅里精美的时钟敲了九下，突然从果园中的树王旁升起一道很长的亮光，笔直射向天空，转眼就消逝不见了。

次日清晨，埃迪来到苹果园。他站在树王背后的土埂上，朝宇宙飞船停过的地方望去，那里连沟的痕迹都没有了。沟已填好，地面上均匀地铺着一层树枝。

宇宙飞船已不见了，小矮人也不见了。

夏天又来到了，当埃迪从纽约来到奶奶的农庄度假时，他已经12岁了。奶奶见到他特别高兴。埃迪的算术极好，尤其在电学方面成绩特好，并喜欢博物学，他几乎能修好任何需要修理的电器。所以奶奶常把坏了的电器给埃迪留着，以待埃迪来了进行修理。

埃迪下车吃完午饭，就来到他的工作台。原来这工作台在牲畜棚里，埃迪由于爱好电器修理，所以待在牲畜棚里的时间远比在房间里多。这里的工具应有尽有，还有许多他搜集来的东西，如石子、箭头、昆虫等。

埃迪开始修理电器。多数电灯只需要换新灯泡，有的需要换电线。烤面包的炉具和所有厨房用具只需稍加修理。埃迪把所有电器修理了一遍，然后把它依次插在电源插座里。每件电器都运转起来。

这时奶奶进来了。"奶奶，怎么样？"埃迪得意洋洋地喊道。

"你真行，埃迪。"奶奶夸赞道。

说完很快进入牲畜棚，把这些开关都关掉了。这时埃迪发现，奶奶用右手碰某个电器就没事，用左手去碰，电器就会发出扑扑或劈劈啪啪的声音，然后停止转动。这时埃迪又发现，奶奶左手戴了一枚戒指。

原来这只戒指正是去年夏天小矮人马蒂送的。埃迪心想，影响电器的一定是这枚戒指。当然奶奶用右手碰电器就没事，用左手去碰就有事，这就可能是电路负荷过重——一定是秘密Z线圈起了导体作用。

埃迪重新开始修理电灯和被戒指搞坏的其他电器。

几只好奇的鸡、鸭和山羊站在牲畜门门口，盯着他干活。电线用完之后，他在工作台的隔板上的箱子里翻来翻去，寻找剩余的线头。有一个铁箱子，他费了好大劲儿还打不开，当他终于把这个铁箱子盖撬开时，令他大吃一惊。

一束奇怪的、耀眼的蓝光从打开的箱子射出来。

原来，这个箱子装着埃迪个人最珍爱的宝贝：里边有电报机，有最好的印第安人箭头，去年夏天马蒂用Z线圈做的童子军军徽。

埃迪明白是怎么回事了。箱子及里边的工具都充上了秘密Z动力。

埃迪从铁箱子里小心翼翼取出发报机。他按了几下电报机的按钮，性能完好。接着他把上面的指示器扭到收报的位置，接收电键就动了起来。突然他停下了手里的活，仔细倾听电键的响声。好像——对！好像有人在发报！

有个信号反复出现。

电键拼出的词是他自己的名字——"埃迪"。

埃迪急切等待全文，过了一会儿全文出现：

"埃迪……埃迪……美国……

马蒂……呼叫……马蒂……呼叫……

完……"

埃迪盯着抄录下来的电报，眼睛几乎要瞪出来了。于是他快速把电报机上的按钮拨到发报位置，发回电：

"马蒂……马蒂……我是埃迪……

完……"

他又把按钮拨到接收位置，屏息敛气地等待着，等待着！

又出现了第二封电报！

"埃迪……埃迪……马蒂来……美国……

1……7……9A.M.……马蒂。"

会不会是说马蒂从马蒂尼星球飞来了？来干什么？什么时候来？"1……7……9A.M."是什么意思呢？

"1"可能是日子，"7"可能是月份，第7个月！"9A.M."那就可想而知了。

7月1日上午9时，啊呀！就是明天。埃迪在心中默想，兴奋极了。

埃迪激动得不知如何是好，他又拨到发报的位置，一遍一遍地发出："马蒂，马蒂……"但是当他拨回到接收位置时，却收不到回电。

整个下午他都开着接收电键等着回响，没有电文，直到奶奶喊他进屋吃晚饭。

次日清晨，埃迪醒得很晚。这时奶奶上楼来喊道："埃迪，快9点了，快起来吃饭。"奶奶话音刚落，埃迪已冲下楼梯，从她身边跑出门。"埃迪你不吃早饭了？"奶奶在背后喊。

"奶奶，我有点儿事，一会儿就回来"。说完一溜烟跑开了。

埃迪以最快的速度跑回果园。他看了看手表是9点01分。如果电文理解得正确的话，那么马蒂和他的宇宙飞船早已到达了。可在哪里呢？一定在苹果园附近。于是他又向果园奔去，这时发现一辆绿色汽车停在树王旁边的路上，他感到很诧异。

这像是一辆外国汽车，看上去同一个奇怪的烤花生炉子差不多。那种车在纽约街头随处可见。这时，突然传来一个严厉的声音："你来晚了。"

埃迪环顾四周，寻找声音是从何处发出来的。

是马蒂，正是去年夏天的马蒂，他依旧站在去年的树杈上。

"马蒂！"埃迪喊道。

马蒂伸出一个手指说："你来迟了，现在是9点04分了。"

马蒂穿着一件很奇怪的衣服，两只袖子上缀满了勋章。佩戴那么多勋章的童子军，埃迪还是头一次见到。马蒂腰间还系着满是按钮的宽腰带。他按了一下腰间的一个按钮，嗖的一声跳到地上，与埃迪热烈握手。

"你的宇宙飞船呢？你来多久了？"埃迪问。

"来吧，我一一回答。"小矮人马蒂说。

小矮人带着埃迪来到那辆绿色小汽车旁。用手指着它说："这就是我的宇宙飞船——马蒂尼星球上最新式的宇宙飞船。这艘飞船是马蒂尼星球上的科学家用特殊金属制成，这种金属叫迷惑人金属。"

"可是，马蒂，它看上去像个烤花生炉子。"埃迪不解地说。

马蒂从衣袋里掏出两只眼镜，是玫瑰色的，一只自己戴上，另一只给埃迪戴上。

这时埃迪再也看不见绿色小汽车了。

停在那儿的是一艘最漂亮最豪华的宇宙飞船。

"哦！好家伙，马蒂，真棒！我从未见过这么漂亮的宇宙飞船。"埃迪赞叹地说。

于是马蒂为他解释说："这只飞船是作为奖品为我而设计的，因为去年夏天我做了一个考察美国的报告。"

原来飞船是由两种"迷惑人金属"制成。这都是在马蒂尼星球发现的最著名金属。一种金属能抗可见光，不戴上马蒂和埃迪的这种透视镜是看不见它的。白天这种金属完全透明。另一种金属不能抗可见光。用肉眼可看见，又能像纸一样叠起来。飞船的外壳和所有仪器都用这种金属制成。

由于去年夏天Z动力失踪失效。马蒂大部分时间都在农庄度过了，没有完成考察任务。此次到来正是要弥补去年的遗憾。

马蒂和埃迪谈了很久。后来马蒂骄傲地说："这艘飞船可以周游整个美国，你想不想和我同去考察？"

"考察？考察什么？"埃迪诧异地问。

"整个美国。"马蒂说着从衣袋里掏出一张卡片念道:"7月1日上午11点……去华盛顿,12点……走访印第安人部落……大平原上最早的土著人……下午1点去底特律市工厂,2点去最大城市纽约,3点去俄勒冈的西北部,4点去……"

马蒂决定在四天内考察完全部美国。并请求埃迪同去,埃迪欣然答应了。

临行前,埃迪请马蒂到奶奶家吃饭。马蒂同意了。于是,马蒂用一只手挎着埃迪的胳膊,另一只手按了一下腰间的按钮,只听嗖的一声,他们已经来到了奶奶的门廊里。

埃迪同马蒂来到宇宙飞船里。在座位前方有一块仪表,上面有各种各样的机件。宇宙飞船的内壁上有许多杠杆,按钮和旋钮。座位上方有一张地图,但又不太像。

他们都坐好后,马蒂转动仪表上的一个小旋钮。这次他似乎很满意,头顶上的领航图亮了。由于这是一艘全新的飞船,马蒂对它还不能熟练驾驶,以至于出现了不少差错。

马蒂转向埃迪,指着控制盘和领航图说:"这是同步驾驶仪,定好目标,宇宙飞船就一直飞到目的地。"

当飞船起飞时,是那样平稳,埃迪一点也未感觉到。

"我们现在在大气层以外飞行,离地面1000英里,飞船完全由仪器控制,下一站是华盛顿。"

"屏住呼吸,我们要在华盛顿降落了。"马蒂喊道。

埃迪刚吸了口气,闭上嘴,就感到一震。他扭过头,透过眼镜向飞船窗外望去,只见一片绿荫。

马蒂说:"华盛顿到了。"

宇宙飞船一落地,绿色小汽车就自动展开,从地板上立起,把他俩圈起来,他们从飞船中钻出来,他们决定去看国会大厦。

一位大个子警察驾驶一辆车停在飞船（小绿汽车）旁，对马蒂和埃迪说："喂，童子军们，你们违反了交通规则；应在街的另一边行驶，现在必须把你们的车开到另一侧，这次我不给你们传票，但下不为例。"

于是马蒂钻入汽车，趁警察擦汗之际，没留神，他把汽车升入高空，落到另一侧。警察边擦汗边说："快点儿，孩子。"当他擦完汗抬头一看车已经转过去了。警察惊奇地赞叹道："哦，真是位出色的司机。"

埃迪和马蒂在街上询问国会大厦，然而这个国会大厦，并不是他想象中的国会大厦。原来他们把飞船停差了，竟停在了佛罗里达的迈阿密滩。距美国华盛顿还有1000英里，这个错误令马蒂很不好意思。

他们乘船再次飞向华盛顿。途中仪表盘竟掉下来，幸好埃迪所带来的万能胶起了作用。他们飞过雪山……终于再次降落。他们以为此处就是华盛顿了，然而竟是波士顿，又出现了一个"小错误"。

马蒂说："又错过了，反正也要考察波士顿，那就先考察它吧。"

只用了半个小时，他们就把波士顿彻底考察了一遍。埃迪紧跟着马蒂，马蒂很小心地使用他的特殊速度。一只手挽住埃迪的胳膊，另一只手按在腰间的加速开关上。有人注意时，他们正常行走。没有人注意时，他俩就嗖的一声跃过马路和建筑物。

马蒂的头不时转来转去。有时，当波士顿的贵妇们在博物馆参观文物时，他们突然出现，不免吓她们一跳，可是她们还没弄清怎么回事，他们又不见了。

每当他们离开一个考察过的地方，马蒂总要停下；拿出一个长约1英寸的小银盒子，然后对盒子讲马蒂尼语。原来这就是类似地球上的录音机。

考察完波士顿该返回飞船了。这时马蒂按了一下腰中的按钮。原来这是自动回程仪，它是靠通向宇宙飞船的一种特殊光束控制的。无论离飞船多远，只要按一下返航仪的按钮，就会顺利返回。

宇宙飞船在波士顿上空盘旋，马蒂拿出卡片，安排好后三天的考察计划。

为了预防露水打湿飞船，他们决定返回奶奶家的牲畜棚里，顺便画好一张没有差错的美国地图。由于马蒂驾驶的飞船是新型的，所以他也有必要学习一下如何驾驶最新式马蒂尼星际超级透光火箭盘，以便再次考察其余地方，不会出现差错。

第二天清早，马蒂和埃迪继续考察。

他们乘船飞抵印第安人部落，并且遇到了汤米·朗鲍酋长，酋长热情邀他们进屋坐坐。

"进来，孩子们。进来，我欢迎你们。"

埃迪和马蒂盘腿坐下。

"孩子，你们都叫什么名字。"老酋长问他们。

"我叫埃迪。他叫马蒂，是我的朋友。"

埃迪、马蒂与老人谈了很多。老酋长告诉他许多有趣的事，并且很欢迎他们到部落来考察。当他们要走时，老人说：

"且慢，不要着急，如果你们想去华盛顿，我想给你们一点东西。"

汤米·朗鲍酋长吃力地站起来走到屋棚一侧，从那里的牛皮口袋里掏出几个羽毛装饰的战帽，他选了两个分别给他们戴上。

"我总留着几顶多余的战帽，遇到值得尊敬的人物时，我就请他们当我们'查克阿瓦加部落'的荣誉酋长。"并且告诉他们，他曾经给现任的总统也戴过战帽。如果他们去了华盛顿，只要说明来意，戴着他所赠的战帽，华盛顿人会很欢迎他们的。

之后，他们与老酋长依依不舍地告别，又踏上了考察的征途。

马蒂的战帽太大，不住往下滑，遮住了眼睛，有时几乎连仪表上的开关都看不清楚了，但马蒂仍坚持戴它。

当他欠身去把自动同步驾驶仪的方位定在华盛顿时（飞船在这一刹那

离开了加利福尼亚州的好莱坞），大战帽滑下来，遮住了他的眼睛。

他胡乱地扭了扭定方向的标度盘。在埃迪帮助下，马蒂才把大战帽推到眼眉上，这时，飞船一直向新奥尔良飞去。他们用很快的速度在街上转了转。

离开新奥尔良，他们乘飞船向华盛顿方向飞去。在天空，马蒂尽量躲开挡他们道路的那朵孤云。但由于他的战帽老往下滑，结果飞船又降落在芝加哥的一个牲畜棚里。

马蒂发现他又搞错了1000英里，心中对自己很生气，尽管这个城市也在考察之列，但他一眼都没看，就又启程了。

第三次飞行，马蒂勉强把飞船降落在华盛顿附近。他俩在费城闲情逸致地游览一番。马蒂看到了许多他想看的东西，并且把它们一一记录下来。有独立厅、自由钟、富兰克林故居和几个博物馆。然后他们结束了这一天的考察，把飞船开回农庄。

在返回农庄时，奶奶告诉埃迪，皮尔逊来电话让他去"华盛顿岩石"参加庆祝美国独立纪念日。并且村中的电工马维尔先生要埃迪帮他安装红、白、蓝三种颜色的彩灯。因为这个节日是重大的，所以隆重一点儿。马维尔先生打算再用火焰组成华盛顿、林肯，以及新上任村长西尔斯的像。在这些像上插放一面大型美国国旗。

埃迪的奶奶给自己斟了一杯牛奶，一饮而尽，而后又继续往下讲。

马维尔先生现在正在做肖像，把肖像做好后放置在大木架上。童子军正在帮忙。整个大会忙碌非凡。他邀请马蒂和埃迪去帮忙。

埃迪望着马蒂，马蒂想了一会儿，最后点了点头。

"那么，皮尔逊和马维尔先生一定会非常欢迎你们的。"奶奶高兴地说。

马维尔先生是个清瘦、动作缓慢和说话温和的人。

马维尔先生带领童子军和马蒂、埃迪热火朝天地工作着。他钉好了木架，装好了做焰火的炸药。由于天气干燥，让大家小心，不允许在会场划火柴点火什么的。

临近傍晚，一切准备工作基本完成。

音乐台搭好了，挂上了彩旗，挂上了电线。华盛顿岩石前面的草地上各种彩色灯泡已拧进插座。绑在大木架上的四个大型焰火图案竖立在岩石顶端。

善于即兴演讲的皮尔逊先生，摘下帽子，擦擦前额，开始讲话：

"孩子们，今天就到此为止，你们干得都不错。明天我们将举行空前的盛大的独立纪念日庆祝大会。这在我们这里是空前绝后的。现在活不多了，明天上午能来的请都来，还有好多活要干。晚上希望你们都来当招待员，端柠檬汽水，记住我说的是端，而不是喝。"

说了句玩笑话之后，皮尔逊说声"解散"，孩子们都各自回家吃饭去了。

"呜……！呜……！呜……！呜……！"

埃迪和马蒂刚坐下吃晚饭，就听到远处传来警报声。

埃迪和奶奶霍地站了起来。

"有地方失火了"，她喊道，"埃迪，你听一听，那是我村新装的警报器，15英里都能听见。哎呀，能是什么地方呢？"

这时警报器又响起来了。

奶奶说："响四声，正是华盛顿岩石那儿着火了。"

"华盛顿岩石！焰火！"埃迪与马蒂同时惊叫起来。

他们一跃而起，冲出门外。

他们到达那里时，火已烧了起来。通向岩石顶端的陡峭小路旁，灌木和小树也在熊熊燃烧。

埃迪和马蒂用沾湿的麻袋扑火。

这时随着警报声，人们从四面八方赶来。村长、皮尔逊、杰克上尉，还有许多童子军。

人们开始扑灌木上的火，可火势越来越猛，已开始向崖边蔓延了。

他们折腾了半天，毫无成效。这时马蒂挤到救火人的最前列。他从衣袋里掏出一件圆筒形的小东西，不慌不忙地把它对准火苗。

火苗一下子就熄灭了。

这时华盛顿岩石顶端上浓烟滚滚。浓烟上方闪着红红的火焰。火焰向大木架和装着火药的烟花方向烧去。人们惊呆了，人们心里清楚，后果将是多么的可怕。

这时马蒂一眨眼飞身到达岩石顶端。

没有人知道，他是怎样到那上面的（当然除了埃迪一人）。人们看见马蒂在上面跑来跑去，大战帽在他头上不停跳动，看上去似乎他正在用脚踩火。实际他正在用小圆筒有效地与烈火搏斗。

火！终于灭了。

人们欢呼着："马蒂……喂，马蒂……真棒，太伟大了……马蒂……！"

人们拥向岩石，村长大大赞扬了他，并且大家一致同意，承认他是本村的荣誉合法公民。

人们盼望已久的大会开始了。

马维尔先生慢慢爬上岩石亲手点燃焰火，五彩缤纷的焰火很是壮观。有火箭、直升机等许多花样。有一枚火箭爆裂出许多闪光五色彩碟，彩碟在高空盘旋。人们发出一片赞叹。

所有碟子都徐徐飘落，唯独有一只金绿色碟子越升越高，它在岩石上空久久盘旋。直到马维尔先生点燃他和马蒂一起做成的华盛顿、林肯、西尔斯村长和大型美国国旗的图案焰火时，它还在上空。

当人们屏息观览美丽的图案时，一直注视着那个逗留不去的金绿色碟子的埃迪，看到它突然转了一圈，钻入了天鹅绒般的星空！

独立纪念日庆祝会结束后，马维尔先生用出租汽车把埃迪和他奶奶送回农庄。奶奶邀请他进厨房吃点木莓饼和喝杯牛奶再回去。

他们步入厨房的这一时刻，埃迪喊道："瞧，奶奶，马蒂来过这里了！"

餐桌上放着一个小小的华盛顿美国国会大厦的石膏模型！前面钉着一个红、白、蓝三色温度计，底座上写着："华盛顿的纪念品"，小模型下面压着一张纸条，旁边放着一个漂亮的印第安珠子戒指！

纸上用铅笔写着几行字：

戒指送给奶奶。美国国会大厦模型送给埃迪。

再见

朋友马蒂

奶奶拿起珠子戒指戴上，还挺合适，她非常高兴。

马维尔先生看了看马蒂写的纸条。在一个纸角上印着华盛顿一家大旅馆的名字和地址。

马维尔先生说："这位大酋长一定忙于工作。"

埃迪的奶奶说："真是个好孩子。"

埃迪一声没吭，只点了点头。

（孙天纬　缩写）

奇妙的女孩

〔日本〕眉村卓

一

"今天起床晚了吧?"青山伸一郎一来到房门口,厨房里就传出妈妈的声音。"嗯。今天有足球练习。"伸一郎边穿鞋边回答,"快比赛了,必须加紧练才行。"他抓起书包说了声"再见"就出了家门。

"是伸一郎吧?"伸一郎回头一看,吓了一跳:是个奇怪的女孩。岁数大概同伸一郎差不多,长着一张很可爱的脸蛋。

她的手中拿着张像照片似的东西,打量了一下伸一郎又说:"没错呀,你就是伸一郎吧?"

"嗯——我是伸一郎。"

伸一郎说完就走了。

"请等一下。"那女孩收起笑脸,迈着刚健的脚步追了上来说,"喂,是不是去学校?"

"你是谁?"伸一郎恢复了镇静询问道,"你到底有什么事对我说?"

"那可不能讲呀,这是秘密。"那女孩耸了一下肩膀说。

随她的便吧,伸一郎又走了。

"喂，是去学校吧，有意思吗？"

"我也想去……你怎么不说话？"那女孩一直跟在后面。

伸一郎从心里讨厌她。这个女孩究竟是什么人？要干什么呢？他目不斜视，拼命地走着。走近学校门口的时候，伸一郎停下脚步，用强硬的口气断然地说："喂，我拜托你了，回去吧！"

"回去？为什么一定非回去不可呢？"那女孩摆出一副恶作剧的神态。

"你……"伸一郎火冒三丈地叫道，"你再跟我，我就生气。"他径直地迈进了校门。

伸一郎没有迟到。

那个女孩是什么人呢？她为什么知道我的名字？是什么动机跟到学校来的呢？

第二节课开始时，坐在他旁边的藤川律子小声说道："青山，你是怎么搞的？我总觉得你呆头呆脑的。"

伸一郎无心说实话，便回答说："没什么大不了的。"

"这就好。"藤川律子望着伸一郎说，"这节课好像有意外测验。"

来了！那个女孩从敞着的教室门口进了教室。

女孩的到来，看不出班里的同学们有什么反应，不知是怎么搞的，同学们仍然继续聊着。

就在伸一郎木然的时候，少女环视了一下教室很快看到他了。

"伸一郎！"少女叫着，穿过书桌间向他走了过去。

"让我好找呀！找到就好了！"

尽管这么说，但班里的同学还是没有一个人注意到她。

"你没听见吗？"那女孩站在伸一郎的座位旁。

还是没人理她，没一个人看她。

这时教室里很快鸦雀无声了，是数学老师进来了。

"同学们——今天进行意外测验。"老师把手撑在教桌上环视着学生们说。

"没错吧!"藤川律子悄悄说道。

那女孩抓着伸一郎的手腕使劲摆着说:"说话呀!"

"给我住手!"伸一郎摇着脑袋说。

"青山!"藤川律子发出愕然的叫声。

看来,除伸一郎外其他人是看不到这个女孩的,也听不见她的声音。

"喂,青山!"他发觉有人叫他。是前座的学生递来了测验题。

伸一郎取出一份,把剩余的递给了后面的同学。

"哎,这是测验题吧?"

"这样的题没人不会做吧?"那女孩说。

"别讨厌!"伸一郎不由得叫道。教室里同学们的眼睛一起盯向他这边。

那女孩拍着伸一郎的肩膀说:"这道题比别的题难吧?我告诉你答案好了。"

伸一郎在答卷背面写道"别出声"。

女孩哈哈地笑了,别人虽说听不见,但伸一郎却忍不住了。他用手擦着额头上的汗又写道"拜托你了,请安静"。

"好的。"出乎他的意料,女孩淡淡地说。

"看在拜托的分上,就给你点面子。"

伸一郎看了一下那女孩,又在纸上写道:你是什么人?是宇宙人吗?

二

换上运动服到了运动场的伸一郎和同学们一起作预备操，开始了练习。

那女孩站在运动场的一角眺望着。可能是发觉伸一郎生气了，她思虑万千。

基本练习一结束，就进入了不同位置的大运动量练习。

这几天若能确定实力的话，下次比赛就有可能担任守门员。伸一郎为此而拼命地练习着。

"好！下一个，青山。"队长喊着，伸一郎一跺脚站在了足球门前。

"啊呀！当守门员啦！"那女孩来到伸一郎的旁边。

可伸一郎佯装不知，将整个身体转向了正面。

"看球！守住！"叭！第一个球飞来，伸一郎侧身跃去，抱住了球。

队员们轮流守门，右跑左移跳跃着，伺机扑住飞过来的球。

五个跟头、二十个跟头……正在练习的伸一郎逐渐疲劳了起来。这时，队长出脚的球正向球门飞来。

伸一郎伸出双手，但没有扑住。

那女孩飞似的扑住了球。

伸一郎没理她，下一个球又飞了过来。伸一郎突然摔倒了。是少女绊了他的腿。

"得了破伤风就难办了，停下！"那女孩说。

又一个球趁这个机会从他的左侧破门而入。

"干什么呢？"队长叫喊道。

"放开我！"伸一郎嚷着。

"就不，就不松手。"那女孩紧紧地抓着伸一郎的身体说，"我们都知道，在这种不干净的球场上踢球是很危险的！"

"青山！"队长气愤地大声嚷叫道，"你偷懒吗！"

"没有。"

"这个球是咋搞的！"

又飞来一个球，伸一郎又被那女孩阻拦了。伸一郎大声喊叫道：
"别练啦！"

"什么？"队长问道。

队员们都停下来，背着手站着。

"青山，"队长压低声音慢慢地说，"还想好好练吗？"

"当然想好好练啦。"

"你刚才说什么？"

"对不起，那是因为自己没出息，大声责备自己的。"伸一郎低着头
说。

"那就好！"队长笑了。

伸一郎趁队员们又集合在一起的机会，用力推开还抓着自己手腕的
女孩。女孩踉跄几步摔了个屁股蹲。

"我求你了！"伸一郎叫着，再次做出面对大家的姿势。

直到练得一切都忘了，摔了一百多个跟头才结束。稍休息一下的伸
一郎若无其事地环视了一下周围，看到那个女孩独自一人孤零零低着头
站在球场的一角。

看到这般情景，伸一郎忐忑不安起来。

三

天已经黑了，伸一郎在校门前和他的队友们分别后，拖着疲倦的身
体走了。

没走五分钟，伸一郎吃惊地站住了。后面的确传来了轻微的脚步声。还是那个女孩，小跑似的追来了。

"你——"伸一郎打算问她去哪儿，却又默不作声了，注意着她的表情。少女在路灯下显出一副很凄凉的表情。

"今天真是对不起。"伸一郎说。

少女说："太让你生气了，我现在就回去……"她用人们从未见过的脚不停触动着地面，望着伸一郎接着说："可是，过去的事，我若不道歉心里就很不舒服。我不是个坏孩子吧？"

"基本上不是的。"对她可贵的态度伸一郎多少产生了点同情心。

"无论如何，不考虑给别人带来麻烦的人，你认为是怎样的人呢！"

不知为什么，少女浮现出一丝微笑，最后就大笑起来了。

少女说："一模一样呀，和爸爸一样的说法呀。"

伸一郎感到困惑不解，不知少女在说什么。

"可是……还是来对了。"少女露出爽快的表情说，"见到和自己同岁的爸爸真是太好啦。说到学校，虽不像这时代的产物，但为了研究我调查了60年代，所以认为是那时的东西，就借来了研究历史用的航时机看了少年时代爸爸的生活情况。"

"明天还想见见和我同岁的妈妈。但不能使用像今天这样能接触特定人的装置，穿上和那时相同的服装，让谁都看到就好了。"

伸一郎没说什么。那女孩用右手指碰了一下左手腕，于是皮肤上出现了数字。"对不起，到关掉的时候了。"少女露出一副恶作剧的神态说道，"这太有意思了，那么，再见！"

夜幕降临，那里只剩下伸一郎平日往返的路。

奇怪的一天过去了，伸一郎又恢复了以往的生活。他的足球练习进步很快，作为守门员威风凛凛地参加了足球比赛，而且取得了胜利。

于是，他时常想着往事。

她是谁呢？伸一郎放心不下也是没有办法的。每当他见到和那个女孩稍微相像的女孩时，他就有一种格外恼怒的感觉。

注：航时机，能将人带往过去和未来的想象的机器。

（陈百海　译）

雾中山传奇

〔中国〕刘兴诗

"佛在拘尸临灭时，嘱弟子娑伽曰：吾灭去七百年，尔往震旦。有雾中大光明山，山脉从昆仑来，有七十二峰，一百八盘，实系古佛弥陀化道之场，为菩萨所都宅，保护严密，俟后圣者来居。至东汉明帝时……有摄摩腾、竺法兰二尊者，遵佛嘱来到此山，卓锡建寺。"

——明上川南道布政司右参议胡直大邑雾中山《开化寺碑记》

一　雾中山寻踪

他去了，静悄悄的，没有留下一句话语。忽然从我们身边消失，像是一下子熔化在空气里。

啊，这不可能！他，曹仲安，蜚声海内外的中国西南民族原始文化考古专家，素来以头脑清晰、行为谨慎有方著称。怎么会突然抛却尚未完成的研究课题，对谁也不打一个招呼，在考察途中消失得无踪无影？

不，这不是他。我和他相识近三十年，他攻考古、我习地质，专业息息相通。曾结文字缘，亦是山野交，深深了解他的性格，绝不会无缘无故一遁了之。其中必然别有原因，没有查明以前，岂能以简单的"失踪"两个字，就把他从我们的记忆里一笔勾销！

　　出于友情，也出于强烈的好奇心，我决定立刻动身，去查个水落石出。

　　曹仲安失踪的地点，是省城西南远处的雾中山。那里林幽谷深，是一片人迹罕至的去处。除了采药砍柴的，谁也不会平白无故上这儿来。他不惮劳苦，独自跋山涉水来到这里，必定有什么吸引了他的注意力。看来要找他，就得从这座山入手。

　　我打定了主意，匆匆赶进了雾中山。本以为山中随处可见古迹，也能遇见几个山民，从中可以探访他的行踪。谁知山空空、林寂寂，小径上到处荒草没膝，未见半个人影，亦无任何文明迹象，根本无从找寻。

　　这可怪了，他来这里的目的是什么？此处无古可考、无人可访，莫非他忽然萌发了出尘思念，抛开纷攘的红尘俗世，到这儿来寻觅失落的闲逸心情？或是受了强烈刺激，一时失去理智，想来此寻求身心彻底解脱的途径？难道他……

　　噢，我不能再胡乱推想下去了，越想越离奇古怪。理智告诉我，这一切推测全都不能成立。这和他的人生观念，职业良知，冷静沉着的性格都不相宜。

　　他究竟为什么入山，如今身在何处？暂时还是一个难解的谜。雾中山啊，雾中山，真是个迷雾重重，使人难以看透其中蕴藏的玄机。看来我只有硬着头皮向上攀登，漫无方向地遍山寻找了。

　　我寻友心切，在林莽中深一脚、浅一脚往前行进。边走边喊，惊起了一群群林鸟，传出了一阵阵回声，却得不到半点呼应。好在我是地质工作者出身，登山尚不生疏。出了一身汗，终于穿出了林子，登上了峭拔的峰顶。此时天高地阔，莽莽群山悉在脚下，眼前一片空旷。从幽暗的林中走出来，只觉赤日当顶，一片金光灿烂，使人头晕目眩无法自持。

这里山路已到尽头。上是天、下是地，四面一目了然，仍然没有曹仲安的踪迹。我失望了，正待转身回步，目光一转，却无意中抬头瞥见崖边一块蛮石上有四个篆书大字：飞来佛记。

这块天然石刻吸引了我，走过去细细一看，这才看见在布满苍苔的石面上，还有一些模糊不清的小字，仅可依稀辨认出几段不成句的镌文。文曰：

"……有佛……仙艖自西南徼外飞来。……常来去。……雷雨夕……坐化。……摩腾、竺……秉佛祖涅槃遗言，来此……雾中大光明山……"

我知道，东汉明帝时，曾遣使西行，迎来摄摩腾、竺法兰两位古天竺高僧，在洛阳首建白马寺，是佛法东传史中赫赫有名的人物。铭文中所云的两人，必是他们无疑。可是他们初来中国，位居皇家上宾，需要在首都洛阳建寺讲经，也免不了许多应酬事务，怎么会不避蜀道险阻，分身来到这个偏僻的山野？释迦牟尼佛涅槃时，真的留下了遗言吗？遗言内容是什么，和这里有什么关系？摄摩腾二人遵照佛祖遗言，到这座荒无人烟的雾中山来干什么？最后，还有开头那个神话似的谜。真有"飞来佛"的故事么？"佛"是何人，"仙艖"何物，怎么会从天外飞来，随时来去？雷雨之夜坐化的是谁，是否和"飞来佛"同一人？他死了，留下的"仙艖"在何处呢？难道无人驾驶，可以自行飞回渺渺长空吗？

面对这一大堆紊乱的问题，我无法判明其中的真真假假。然而，我却几乎立刻就明了了这座山名的含义。它的本名是雾中大光明山，描绘得恰如其分。瞧，在浓密的云雾之上，峰顶忽然大放光明，实在再贴切也没有了。

眼望着碧澄澄的天空，光秃秃的山顶，浓云密雾封闭的山谷，我迷惑了。曹仲安，飞来佛，仙艖，混搅在一起，使原本迷雾腾腾的事件，变得更加迷茫不清了。

二　贝币上的编码

我两手空空从雾中山归来，满怀惆怅地提起沉重的笔，在日记上写下一句我不想写的话：

"他失踪了，山上没有踪迹。"

时间静静地过去，很快就过去了几个月，曹仲安依旧没有任何消息。省城里关于他的议论已经渐渐平息，仿佛他是从现实生活里消逝的古人，历史的书页已在他名字上轻轻翻盖过去了。

可是我仍旧没有放弃寻找的努力。当我没有得到确凿证据以前，不会轻易做出把他从现实生活中抹掉的结论。这是科学态度，也为了不可忘怀的友谊。

我已做好了周密计划，打算再次奔向雾中山，在方圆数十公里的范围内，逐尺逐寸彻底清查，不找到他或他留下的痕迹决不罢休。

遗憾的是，这次行动被一个非常事件打断了。省城西南几百公里外的大凉山中发生强烈地震，我不得不中止一切工作，带领调查组立刻奔赴现场考察灾情。

我们踏着被乱石堵塞的小径，星夜兼程赶入震中地区。只见遍地山石迸落、林木倾倒，地面像石榴皮般翻转开来，满目疮痍。

忽然，道边一座震裂的古墓引起了我的注意。这是一座用大块青石铺砌的异型古墓，墓外仅竖立着一块天然蛮石，并无任何碑记。若非地震震裂墓穴，从外面很难发现它的存在。

墓穴裂开处，露出一条幽暗的墓道。为了探查究竟，我带领两个助手弓着身子钻进去，走了几步，进入一个宽大的长方形墓室。四壁用石块堆砌，墓底铺有一层碎石板，中间陈放着一口大石椁，椁盖也被震开了。

我们走到椁边一看，这才瞧见石椁内另有一口石棺，二者空隙内堆放了许多珍奇的殉葬物品。根据保存在椁内的文本，墓主人的身份也查明了。原来他生于西汉初年，是一位邛都夷的豪强。他拥有大片山林，僮仆成群，和汉朝、滇国都有政治、贸易来往，是西南夷中一位有势力的部族首领。记得曹仲安曾多方寻找他的墓葬，想不到竟隐藏在这个偏僻的山谷里，被我无意中发现了。

按照文物保护条例，这座珍贵的古墓必须立即上报有关部门，由考古专家组织人力有计划清理。可是现在已经来不及了。眼下余震不绝，周围的山石还在不断崩落，一次更加强烈的地震正在孕育中，随时可能发生，届时造成的灾害，就很难一时估计清楚了。

为了抢救墓内的珍贵文物，我吩咐助手清空背囊，赶快收拾椁内的重要殉葬品。我也亲自动手，把一些易碎的物件小心放进饭盒保存。

当我弯身捡起了一个白色贝币，无意识朝它瞥视了一下，不由惊奇得瞪大了眼睛。只见雪白的贝壳表面，整整齐齐写着几个红字："印度洋No.24"。这是用笔尖沾着油漆仔细书写的，字形瘦削锋利，异常眼熟。

我认出了，那是他的笔迹！虽然我一时惊愕，几乎不敢相信。但是这的确是他，曹仲安写的字。我对这种笔迹实在太熟悉了。字如其人，瘦削、锋利，就像他的瘦削身影、锋利性格似的，绝不会弄错。

可是，当我转念一想，心中又不由有些犹豫了。试问，曹仲安的笔迹怎么会封存在这座两千多年前的古墓里？如果他曾来过，为什么不带走这些文物珍品，亲自编了号，又放回密不透风的棺椁里？再说，邛都夷部族首领墓向来被认为是一个失落的谜。如果他早就发现了，何必又白费力气四处找寻呢？常识告诉我，起初的推断是不可能的，人世中相貌相同尚少不了，千古以来书法岂无相似的？也许这是类似的笔迹迷惑了我吧！

我放下了它，正待伸手去取别的文物。忽然思想里掠过一道闪电，又急匆匆抓起来，重新审视贝面上的红字。

没有错，贝币表面是这样写的："印度洋 No.24"。

我问自己：西汉初年哪有印度洋的概念？印度，当时称为"身毒"，古人怎会这样书写？

我问自己："No.是英文缩写，常用于科学编码，古时哪有使用英文之理！"

口问心、心答口，我再也不彷徨犹豫了。毫无疑问，那就是他，是我的朋友曹仲安亲笔写的。先明确这一点，再考虑这个编码贝币是怎样失落在这儿的。

不，不是失落，是封藏。

我环视墓室，青石封闭严密，并无任何罅隙。若非这次地震破坏，断难重见天日。曹仲安纵有千般本领，也无法潜入穴内。这个编码贝币绝不是他失落在墓内的，而原本就封藏在其中的东西。

合理的结论只有一个。曹仲安必定在墓室封闭前就看过这个白色贝币，判定它来自遥远的印度洋，为它编了号。以后作为墓主人的殉葬品，才放进了墓内的石椁。

然而，在逻辑上这又是极不合理的。两千多年的时间差，怎能允许他先期观察到这个尚未入墓的贝币呢？

噢，我不是包公，也不是福尔摩斯，却遇见了比他们所经历的更加棘手的问题。到底什么才是合理的，真把我弄迷糊了。我竭尽全力思索，却理不出半点头绪。

我的理智困惑了，然而感觉却是清晰的。在我的分裂了的内心世界，有一股古怪的直觉提示我：你是对的，这的确是曹仲安的笔迹，你的推理没有错……

啊，这是魔幻！这实在不可能，然而却是可能的。我失去了理智，只有直觉支配着我。

我，觉得一阵天旋地转，坠入了不可思议的魔幻境界。

三　平息风波的古铜瓶

曹仲安的确失踪了，但是这并不意味着完全消失。

邛都夷古墓内编码贝币的发现，证实他仍旧生存在某个看不见的空间里。不管这是真实，还是魔幻，我决心沿着这条线索追下去。说实在的，如今摆在我的面前，也只有这条似真似幻的微细线索了。

这条线索的唯一证物，是那个红漆编号的白色贝币。贝壳表面有曹仲安的手迹："印度洋……"

印度洋在邛都西南，邛都在雾中山西南，雾中山在省城西南。曹仲安孤身离开省城，走进雾中山，然后在邛都夷古墓里发现了他的笔迹。他亲笔写着更加遥远的西南方的印度洋。他是否踏上一条无人知晓的秘密小径，悄悄走向西南方，到陌生的印度洋边去寻找贝币的来源，或是别的什么东西呢？

他上雾中山，必定为了那个神奇古怪的飞来佛。邛都夷古墓里的事件，也和历史有关。话说回来，他本来就是考古学教授，眼中看的、心里爱的，都是上千年的老古董。要往西南方找他，必须沿途寻史访古才行。

西南，访古。最终目的地：印度洋。

这是我的新的行动计划。也许这是虚妄，也许这太渺茫。可是如今除了这条路，我又有别的什么办法呢？

结束了地震考察，我按照想象中的路线，独自向西南方走去。一路上经过的地方，安宁河、攀枝花市、金沙江、巧家县，在我的心目中全都幻化为汉代古地名：孙水、会无、泸水、堂狼。现实天地在我的眼睛里逐渐淡化消隐了，铁路、工厂、火车、汽车似乎都变成了蜃楼幻景。

一座座古墓、一道道汉阙、一方方碑石，渐渐在周围世界里凸现出来，变成了我唯一可见可闻的实体，我也仿佛坠入了两千多年前的汉家疆域里。

我就这样一路行行重行行，由古邛都夷地界南下，经过古滇国，进入古叶榆境内。这是西汉时期西南夷的另一个国度，苍山雄峻、洱海迷茫，一派大好风光。心里的直觉告诉我，如果曹仲安的想法和我相同，他在南行途中必定不会轻易放过这一方宝地，径直奔向天外天的印度洋。

我放慢了脚步，在洱海岸边纵目四望，细察此处的形势。只见高塔、古寺、城郭、村寨，到处遗存盎然古风。男女老幼身着鲜丽服饰，无不洋溢民族风情。我没有料错，此情此景，不可能不打动一个西南民族原始文化专家的心。他，肯定在这儿逗留过。

可是当我满怀希望迈步踏入村墟、田野寻找，累得精疲力竭也一无所获。只好垂头丧气离开这座富有传奇色彩的边陲古城，沿着湖边古道向西南走去，把希望寄托于前方。

湖上，风细细、浪寂寂，一弯素月沾着洱海水波冉冉升起来。月光映出如凿如削的山的剪影，更加显现出几分谜样的色彩和葱茏古意。我边走边回顾，恋恋不舍地往前走。走不多时，路没有了，前方横着一派暗沉沉的湖泊。要想过去，必须觅船过渡。但是眼前一片水雾茫茫，哪有一只渡船？

我正踟蹰间，忽然耳畔"咿呀"一声，一只小小的柳叶船从黑暗中慢悠悠漂了过来。这是一艘夜归的渔舟，舟上端坐着一个白族老人，连人带船融合在夜色里。若不是船桨轻轻拨拉着水波，几乎没法察觉他的存在。

小船傍了岸，我赶上一步向船上的老人打招呼，请求他带我过湖去。老人借着月光上下打量了我一眼，略微沉吟了一下，伸手让我上了船。

好心的白族老人不顾身子疲乏，载着我重新荡进了湖心。两人对坐着，空荡荡的湖面上只有他和我，荡着荡着的，就聊起了天。

我和他谈起了山，谈起了湖，谈起神秘的叶榆古城。老人边划桨，边给我讲了一个古代叶榆头人沉宝的故事。

"这是真的吗？"我问他。

"前辈老人传讲下来的，哪会有假！"他在黑暗中目光炯炯，一本正经地说。

他说起了兴致，把这个故事一五一十地讲给我听。据说，两千多年前，大汉皇帝还在位时，住在这儿的一位头人从南方化外之地得到一批稀世珍宝，满满载了一船带回去。谁知忽然风浪大作，几乎船沉人亡。为了平息风波，他亲手把许多宝贝投入湖心，这才逃脱了厄运。

"有证据吗？"我对这个故事产生了兴趣。

"要多，可没有。"老人说，"咱们村里的老辈有一次福至心灵，撒网捞起了一个古里古怪的细脖子铜瓶，周身长满了锈。据说这就是当年那位老祖宗平定风波，抛下水的一件宝物。"

"能让我看一下吗？"我问。

"你来晚了，"老人说，"前不久有一个外乡人，说是专门考古的，已经把它带走了。"

"这个人什么长相？"我的心里产生了一个朦胧的预感，赶忙问他。

在黑暗里，老人蹙眉想了一下，缓缓地回答："高瘦的个子，戴眼镜，说话屏声静气、有条有理的，像是一个有学问的人。"他慢吞吞地边想边说，逐渐勾绘出一个我十分熟悉的人物形象。

我的心怦怦狂跳着，忙不迭地从怀里掏出曹仲安的照片，递给他观看，问他："是这个人吗？"

老人放下手中的桨接过照片，任凭小船在水上随意漂荡，在月亮下眯起眼睛看了很久很久。最后，放下照片毫不犹豫地点头说："没有错，

141

就是他。"

四　戒日王新传

我的头脑中一片混乱，无法理出头绪。

曹仲安忽然在洱海出现，打乱了我的思路。看来他似乎仍旧身在现世，并未隐入历史烟尘。邛都古墓事件是一个例外，也许别有原因，暂时还未探明吧。

我感到十分矛盾，尽力不想邛都古墓里的那个编码贝币，心中叨念道："他没有钻进历史就好！只要他还在这个世界上，我就有办法找到他。"

我安慰了自己，告别送我过湖的白族老人南下，穿过几座大山和几条湍急的山间河流，到达古哀牢国所在的一个山中坝子。这里地处中国边陲，再往前走就是古掸国、迦摩缕波等化外之地了。由于自古以来它的位置就很重要，汉朝平定西南夷后，在这里设置了永昌郡，发展海外贸易，是沟通内外的一个重要城镇。常有国外客商来往，曹仲安如要出国或是研究古代历史，这里是必经之地。

时光流转两千多年，如古书所说那样，以"穿鼻儋耳"为时髦的古哀牢习俗已不存在了，这里变成了一座现代化的小城，建筑格式焕然一新。城市不大，我很快就走访了海关、车站、派出所和大、小旅馆，却查不出曹仲安的行踪。

这可怪了，难道渡我过湖的白族老人看花了眼，曹仲安仍旧隐蔽在历史的迷雾中，根本就没有回返现实世界？

一本境外流入的书印证了我的印象。

为了寻访曹仲安的踪迹，我步入集市，和来自四面八方的海外客商攀谈，试图从他们的口中得到一点消息。

当我走过一个书摊，忽然有一本新书吸引了我的注意。这是一本外国书，封面端端正正写着几个古体梵文字：《戒日王见东土异人记》。

我知道，戒日王是古印度羯若鞠阇国国王，在位期间统一北印度。国势昌隆、文化鼎盛，与唐太宗并为同时代喜马拉雅雪山南北两大英明君主。他虔信佛教，广筑寺院，玄奘赴印取经时，曾受到他的接见，《大唐西域记》里写有这段史实。却不知道除了唐僧玄奘，他还见了别的"东土异人"。好奇心促使我拿起这本书仔细翻看。

不看不知道，一看吓一跳！我刚翻开第一页，就瞧见书中有这样一段不可思议的对话：

"……戒日王见大唐圣僧玄奘后，有东土异人过迦摩缕波国来朝。王问：'客从何方来，将有何求于敝邦？'

客曰：'来自中国□□大学，欲来此研究古中印交通史。'

王问：'中国岂非大唐乎？前有圣僧度西北雪山而来，客何从东北入境？'

客曰：'大唐乃中国古时朝代，经宋、元、明、清以及民国至今，已垂一千三百余年矣。昔人皆以为唐僧取经为中印交通正道，殊不知从中国西南滇、蜀，早有别道相通。昔张骞至大夏，得邛竹、蜀布即经此道沟通也。即以输入印度、波斯、埃及、罗马之中国丝绸而言，亦最早循此道转运而来。愚以为此乃南方丝路，远早于传统称道的北方丝路。然而其间或黯然不明，以致大王不察。此正愚所欲借大王鼎力相助，极思研究探明者也。'

王闻言大惊，起座执客手问：'客果是何人，可留尊名以昭世乎？'

客乃从怀中探出一方白纸，韧如革。上书其姓名与职衔，乃考古学教授□□安也。"

戒日王时代，岂有宋、元、明、清、民国和大学教授的观念？毫无疑问，这个"东土异人"是一个现代人，他的名字叫作什么"安"，十有八九就是曹仲安了。我对这本书产生了兴趣，接着往下读下去。往后书中叙述这个"东土异人"说服了戒日王，使他相信中印之间早有捷径相通，不必绕道中亚腹地，冒千里沙碛、万仞雪山而来。在戒日王帮助下，他考察了印度全境，收集了许多散布民间的中国丝绸、瓷器和其他文物，证实这条神秘的南方丝路的确存在。这个"东土异人"辞谢了戒日王，跨上一个金光灿烂的"神龙"，忽然腾空隐身不见。

这真是一本亘古未见的奇书。我问书摊的主人："这本书是从哪儿来的？"

他告诉我："这是在印度新发现的一本戒日王的故事，和从前的历史大不相同，轰动了整个印度，已经再版发行上百万册了。"

是啊，我的心也轰动了。这本书向我透露了一个重要消息，曹仲安已经到达印度，说明他这次神秘考察的目的，是为了探明南方丝路。只是我还有些不解，打从雾中山开始，和他有关联的事情，全都是汉代历史。怎么一下子跳了好几百年，竟和与玄奘同时代的戒日王见了面？他用了什么法术，时而汉，时而唐，一会儿进入历史，一会儿又从历史里钻出来？真是神龙不见首尾，在历史烟云中随意出没，实在太神奇了！

五　老托钵僧讲的故事

印度，在我的眼前展现了。偌大的南亚文明古国，处处有佛塔、古堡，处处有摩崖石窟、回廊壁画。仿佛这个热带阳光照耀下的国度，本身就是一个巨大的历史文物。数不清的古迹，几千年的时间层次，无处不有曹仲安遁形隐身之所，给我的寻找工作带来了极大的困惑。

我沿着那本奇书所指示的线索，从密林遮掩的迦摩缕波山谷入境，横过印度北方大地，直奔戒日王昔日的王都曲女城，追寻曹仲安留下的痕迹。

　　我边走边向着那些神秘的异国建筑和雕像群大声呼唤："喂，朋友，回来吧！"我深深知道曹仲安嗜古成癖，担心他勤于研究以致忘归，不再重返故土。我曾听说过，这个充满了神话和魔法的国度，有许多稀奇古怪的事情。害怕他在时间旅行途中，受到邪恶的蛊惑，误坠历史陷阱，或是被毒蛇猛兽伤害，永远葬身在历史的灰尘里。可是重重叠叠的时间墙壁屏障了我的声音。从历史深处，没有传出任何回应。

　　曲女城没有他的消息，也许他早就辞别戒日王，远走别的地方了吧！我失去了线索，只好漫无目的地在印度大地上到处寻找。

　　有一天，我来到一个陌生地方，在一株不知几多岁月的大榕树下，迎面瞥见一个额头布满皱纹的老托钵僧，脚边放着一盆清水，纹丝不动地盘腿靠坐在树边，仿佛自身就是这株盘根错节、周身缠挂满了藤萝的大树的一部分。眼前的一派大好风光，嘤嘤鸟语、息息花香，他却毫不关心，双眼木然地注视着一切，似乎想透过这些形形色色的物象，一直看到远处和更远处的无数存在和不存在的东西。

　　我想起了古印度的一个谚语："托钵僧属于现在，也属于过去和未来。"眼前这个面容冷漠的老托钵僧和他身后的大树一样，都说不清有多大年纪，曾有过什么兴衰荣枯的经历，不知他是否可以为我指点迷津，帮助我达到目的。

　　我打定了主意，移步走过去，虔诚地向他问讯。

　　"你是谁?"他的目光从深不可测的远处转回来，直盯盯地注视着我的面孔。

　　我说明了自己的身份。

　　"噢，远方来的朋友，你有什么要求?"他问我。

　　我说了来意，希望得到他的帮助。

　　"这样的事，《黑天》和《往世书》里都没有提起过，只有燃灯古佛备悉一切。"他沉吟了一下回答说，"不过，三世来往是常有的事。我刚从南印度来，参见佛涅槃处，得知往古仙失而复来。或许这就是神佛出世后，重新人世的一个证据。"

从他的谈话里，我知道他刚从释迦牟尼佛涅槃处朝拜归来。他沿途托钵募化，不远千里赶到那里，为的是参加一年一度的释迦牟尼佛涅槃日盛会。

想不到正当八方僧众齐集，欲举法事的前夜，忽然东北方一道金光飞来，照耀万众无法睁目，纷纷俯伏在地，口诵经文祈求神佛保佑。待到金光熄灭后，有大胆僧人趋前观看，瞧见一只龙形仙艖端端正正落在地面，朦胧中似有一个人影跨坐其上。

这位老托钵僧博识群书，认出是两千数百年前由此腾空飞逝的一只仙艖。大众正待上前参见，眼前金光一闪，仙艖忽然不见，众人无不称奇。

"你怎么知道这只仙艖的往事？"我禁不住心跳气急，连忙问他。

"我早知你会提这个问题。"老托钵僧眼睛里微微露出一丝笑意，点了点头，不慌不忙对我讲述了经历。

原来他为了研究释迦牟尼佛的生平，每年都要沿着佛迹，到佛诞生、成道和涅槃处参拜，寻访遗迹仙踪。时间既久，逐渐明白许多人所不知的秘闻，备悉释迦牟尼佛的生平史实。

六 尾 声

我不再苦苦寻找曹仲安了。很快就再也没有继续寻找的必要。

几天后，我在新德里的街边买了一张刚出版的当地晨报。在还散发出浓郁油墨香味的报纸上，头版头条刊布了一个快讯：《中国考古学家曹仲安访古归来，揭示亚洲南方丝路之谜》。

这个消息来自美国中西部。曹仲安驾驶一只龙形飞行器，降落在一个著名的大学校园内的草坪上，出席在那里举行的国际东方考古学术会议。

在来自五大洲的考古学家和记者们的面前，他宣读了自己的论文。他指出起始于中国成都，经云南、缅甸、印度西行的南方丝路，是沟通中西文化、经济最古老的通道。不仅中国人曾沿着这条古道，把邛竹、蜀布、丝绸、瓷器等商品带到西方。西土各国也有人由此来过中国。

曹仲安得悉雾中山顶有一处石刻与此有关，只身进山寻访，果真发现一个题名《飞来佛记》的篆文刻记。记录释迦牟尼佛涅槃时，曾秘密嘱咐弟子来此勘察，择址建寺弘扬佛法。他据此推论，当时已有印度人到达中国西蜀地区，曾向释迦牟尼佛通报消息。说明中国是东土大国，人群众多，文明昌盛，应该派人前往宣扬佛法。他认为，首次应邀来中国建寺讲经的印度高僧摄摩腾、竺法兰，不顾佛事繁忙，急匆匆从洛阳赶到雾中山，就是秉承佛祖临终遗言，试图在南方丝路的起点建立佛寺的一项活动。

在雾中山顶，他意外地发现了一只结构精巧的飞行器，不知用什么合金材料制成，历经无数岁月仍旧周身金光灿烂毫未朽坏。他仔细观察，方知这是一个全凭意念操纵，可以出入任何时空领域的先进航天工具。显然就是石刻中所云的"仙艎"，从印度来此的"飞来佛"必定就是乘坐它来的。

从工艺水平考察，曹仲安认为这只"仙艎"不可能是人间产物。很可能远古的南方丝路，也引起了当时到地球访问的外星人的注意。他们察觉这条绵亘万里的古道，连系着地球上最灿烂的两个文明地区，对此加强观察研究。当他们考察完毕返回母星时，把一只龙形时空飞行器赠送给南亚大陆的佛教徒，希望他们用最迅捷的办法，到南方丝路起始的地方去访问。

曹仲安十分高兴，决意乘坐这只奇怪的"仙艎"遨游时空，深入考察神秘的南方丝路。

他顺利进入两千多年前的西汉时期，在南方丝路的第一站，会见了一位邛都夷的部族首领。豪爽的邛都夷首领向他展示了许多来自西南徼外的宝物。曹仲安认出了其中有的白色贝币，是用产于印度洋的热带海贝制成的。他亲手给这些贝币编了号，带走了几个作为凭证。

接着，他在云南大理返回现世。从一个老渔民的口中，了解到古时的一次沉宝平息风浪的事件。他从老渔民的手中借了一个捞获的铜瓶，返回出事时代，向当事人印证了此事。取得几件宝物，作为南方丝路存在的又一个证明。

他在沿途出入历史，还收集了许多证物。后来调整时间层次，飞往古印度曲女城，会见了慕名已久的戒日王。他向戒日王详细介绍了自己的研究计划，戒日王不觉耳目一新大为振奋，传令属下协助曹仲安工作，并且计划遣使通过山墙林莽，沿南方丝路东行，拜会大唐天子，发展中印两国的文化、贸易关系。在戒日王的帮助下，曹仲安获得许多珍贵史料满载而归。

最后，他沿着这只"仙艖"两千多年前的航线，径直飞往释迦牟尼佛涅槃的地方。

他本来打算在那里对朝着"仙艖"走来的一个老托钵僧说几句话，言明所知的事实。可是眼见众多僧人四面拥来，情知一旦接触便无法立时脱身。国际东方考古学术会议即将开始，只好立即起身飞往美国中西部。

曹仲安在大会上展示了许多来自古代的南方丝路文物，播放了他和戒日王谈话的录音带和许多现场录像，使到会者产生了莫大的兴趣。一致认为这是20世纪末叶，世界考古学上最伟大的发现。它结束了古典考古学时代，在新的世纪即将来临的门槛上，开创了人类直接进入历史考古的新篇章，不消说有极其重要的意义。曹仲安，成为这场考古科学创新的带头人。

由于他的重要发现，新大陆许多学府竞相发出邀请，约请他前往讲学。有人敦促他在美国定居，甚至期望他改换国籍。可是曹仲安却像往常那样沉着冷静地回答："不，我的事业不能离开中国历史和中国土地。这里却缺乏巴蜀音响，夜郎气息，大理湖光，昌都山色，没有藏、彝、苗、傣各族人民的身影和淳朴歌声。一个中国西南民族原始文化考古专家，怎能长期离开那样丰富多彩的生活环境。我是开放在中国西南山野的一朵小花，如果把我采折放进花瓶里，离开生长的土壤，我绝不会永驻芬芳，迟早会在瓶中枯萎。"

他最后大声宣称："更重要的，我是东方一个伟大民族的传人。我是中国人，我永远热爱亲爱的祖国。我，一定要回中国。"

我久久注视着他在报纸上的照片。他，容颜依然，心迹依然。噢，朋友，我了解你。虽然此时咫尺天涯，暂时无缘重逢，然而我深深相信，你决不会食言，必定会返回故土。在南方丝路起始的地方，宣读你的震撼世界的研究论文。

曹仲安，我期待着你……

深山险遇

〔中国〕许祖馨

岐伯山区，变幻莫测。每当东方破晓，千山万谷云雾涌起，那颠连的山峰，在白茫茫的云海中就像千万个岛屿，时隐时现。晴空万里的天气，有时突然间风起云涌，雷鸣电闪，大雨倾盆而下；不一会却又云消雾散，阳光普照。这多变的气候，增加了岐伯山的神秘感。

在海拔一千多米高的深山老林里，有一个人蹲在那里，正在凝神观察着地上一个大"脚印"。这是岐伯山区动植物考察队的成员，叫周进。周进忙碌地用软尺丈量着，他想，这脚印，既不是猩猩和猿猴的脚印，也不是熊的脚印。因为灵长类的脚趾，大脚趾大于其他四趾，而狗熊的五个脚趾，却是紧密地合在一起的。眼前这个"脚印"，前宽12厘米，后宽8厘米，大脚趾大于其他四趾，并同它们叉开的角度约12度。

"这究竟是哪一类动物的脚印呢？难道是一种非人非兽的过渡类动物的脚印吗？"小周忽然想到屈原诗中"山鬼"的故事，而山鬼出没的地方——巫山，不正是和岐伯山毗邻吗？

他兴奋地站起来，准备招呼同伴，谁知叫了几声，周围除了习习山风、飒飒草声外，一个人影子也不见了！糟糕，他只顾寻找脚印，和考察队的同志失去联系了。他焦急起来，又拉开嗓子直喊，可仍然毫无动静，只有山谷传来的阵阵回响。

突然一阵紧迫的响声，嚓，嚓，嚓，从正前方传来。

小周屏住呼吸，向前方注视，不由大吃一惊：原来，一只浑身青灰色的，似人似兽的庞然大物，正向他奔来。他赶忙抽出激光枪准备射击，还没有瞄准，只见那青灰色动物，"哇"地怪叫一声，攀着树枝，像飞一般冲过来了。小周心一慌，激光枪被树枝钩住，弹到了很远的地方。

他此时顾不得去拾枪，拼命地向前方奔逃。青灰色动物嘴里发出呼呼声，追了过来。小周伏在草丛中，紧贴着地面一动不动，让那庞大的黑影从他附近噔噔地奔了过去。那青灰色动物绕到前面去了，小周才看清，这个似猿非猿、似熊非熊，能够直立行走，又能攀枝飞腾的怪物，正是他们考察队寻找多年的"野人"。但此时小周无心细看，拔脚又逃。不幸只跑了几步，嘭地一声，他又被野藤绊倒了，还没有来得及站起来，"野人"已张开双臂猛扑过来。小周的右脚顶住岩石，使出浑身气力，向"野人"一拳打去。"野人"一个踉跄，"哇哇"直叫，但它马上镇定下来，揪住小周，往石头上掼去。小周只觉眼前金星乱冒，一下失去了知觉。

小周从昏迷中醒来时，只见四周一片漆黑。现在究竟是黑夜还是白天，无法分辨。他下意识地抬起左手，可手腕上的表早已在搏斗中失落了。他挣扎着翻了个身，一阵剧烈的疼痛又使他昏迷过去。

不知过了多长时间，小周渐渐地睁开了眼睛，发觉四周好像比刚才亮了些。他明白，这是瞳孔已经逐步适应了环境。根据这一点判断，现在还不是黑夜。他侧耳细听，四周除了轻轻的滴水声之外，没有别的声音。这时他猛然想起上衣口袋里的那只原子打火机，伸手一摸，幸好还在。他凭着打火机的光亮，看清了这里原来是个山洞，洞的两头较狭，中间弯曲，还隐约发现离他不远处似有一丝淡淡的光。这会不会是洞口呢？他忘却了身上的疼痛，迈步走了过去。但他失望了，那洞口已被一块巨石堵得严严实实，只有一缕光线从缝隙间漏了进来。而那块巨石，没有四五个人休想搬得动它。

小周仔细观察：这山洞相当大，约有三公尺高，四公尺宽，嶙峋的岩石交错在壁上。洞底有一堆夹杂着树枝的乱草，显然是经过整理的，很可能是"野人"睡觉用的草铺。离它不远，有一件竹制品又把他吸引住了，这是一只颇像人们常用的竹躺椅，只是没有脚。它是用嫩竹编成的，编织技巧还不错。记得当地老乡曾经说过，"野人"能制"竹窝"，悬挂在树上，作躺卧之用。对"野人"来说，眼下这张竹躺椅称得上是件了不起的艺术品了。它证明野人使用前肢的本领，已经远远超过黑猩猩。它们已能够根据自己坐卧的需要，设计制作用具。这一发现，使小周忘了自己所处的危险境地，他高兴得笑了起来。

接着，小周又在"竹窝"的附近发现了一堆野栗和野果，还有放在洞壁的一只竹筒。他端起竹筒，看到里面有水。原来这是一只底部留节的盛水筒。他把鼻子凑近筒口，嗅到了一股沁人心脾的山泉香味。这山泉，现在胜似玉液琼浆。他一口气把水喝尽。

小周继续搜索，但很失望，因为没有找到另外的东西。他重又走到被巨石堵住的洞口，贴在石洞缝隙边向外张望。洞外是一片茂密的灌木林，林后传来淙淙的流水声。他估计，那条发出水声的山涧，一定是在灌木丛之间，不可能离得很远。他坐下沉思，拟定了脱险的方案："野人"从外面进来时他可以隐蔽在洞门口，等"野人"进洞时眼睛不适应黑暗的一刹那，立即悄悄地出洞，穿过灌木丛，找到山涧，沿着山涧迅速下山。

但不一会儿，他又觉得这一办法不妥。因为，"野人"进洞以后，不消几分钟就会发现"猎获物"失踪，必然立刻追赶过来，那就有重新被捉住的危险。怎么办呢？他猛然想起刚才喝水的竹筒。猎户们常常把竹筒套在手臂上，以对付万一遭遇的"野人"。他迅速取来了竹筒，用石块击去节底，把竹筒套在右臂上。就在这时，一阵窸窸窣窣的声音从外面传来，他的心不由紧张起来。他定定神，然后闪到洞口的一侧蹲下，观察动静。

片刻，小周听到"呜呜呜"的喊叫声，还夹杂着另一个接应声。他从缝隙里向外张望，发现灌木丛边有两个"野人"，一个毛色青灰，这就是刚才同小周搏斗过的，另一个毛色棕褐。青灰色"野人"背向山洞，与棕褐色"野人"面对面站着，边叫边挥拳，活像在争斗的样子。根据它们的架势，可以推测：棕褐色"野人"要进洞，青灰色"野人"坚决不让，看情况，它们马上就要动武。但出乎意料，棕褐色"野人"嗷嗷叫了一阵，竟没有动武，悻悻地离开了。

这时，小周只听得"野人"狂叫一声，洞口豁然开朗，一个庞大的黑影闯了进来。

当青灰色"野人"走进山洞后，小周敏捷地窜出了山洞。他越过灌木林，找到一条山涧，然后沿着山涧拼命向前奔窜。就在他跨越一块大岩石时，不慎脚下一滑，幸好一把抓住山藤才站稳了脚跟。此时他听得一阵狂叫，青灰色"野人"果真追上来了。幸好四周都是野草，把他掩盖住了。野人像一阵风似的在他头顶上越过去了。

小周正庆幸逃过了青灰色"野人"的追踪，不料身后又有窸窸窣窣的声响。他转过头一看，糟糕！棕褐色"野人"不知什么时候来到自己身边，离得很近，逃也来不及了。"野人"脸上挂着笑容，嘴里发出"嘿嘿嘿"的响声，一步步向他走近。离他只有几步远时，野人猛地伸出手来要抓小周。小周机灵地一转身，让它抓到了手臂上的竹筒。小周悄悄地把手从竹筒里脱出来，不顾坡陡路险，正准备一骨碌滚下山坡，不料，青灰色"野人"又赶来了。它大吼一声，像老鹰捉小鸡似的扑向小周。青灰色"野人"这一叫，把棕褐色"野人"提醒了，它一看自己抓住的是一个竹筒，而青灰色"野人"正要抓走自己的猎物，它"哇——"地长喊一声，扑向青灰色"野人"。此时，两个"野人"就厮打起来。小周知道现在自己不能再跑，否则两个"野人"把怒火都集中到自己身上，就更加危险。他只得坐着不动，看着两个"野人"激烈的搏斗。

当两个"野人"靠得很近时，它们的毛发直耸，身体一下子比原先大了好多，双方嘴里还发出咕噜声。突然，棕褐色"野人"抓起一根树枝，哗啦一声，迎头朝对手劈去。青灰色"野人"躲闪不及，往后一退，跌了个仰面朝天。还没等棕褐色"野人"第二次攻击，它倏地站起，手里也已经握好了一根枯树干，向对方拦腰打去。

小周想，现在自己逃跑虽然不可能，但却可能利用它们的矛盾，争取一方，击败另一方，从而为下一步逃跑打下基础。但是击败哪一方呢？应该是青灰色"野人"，因为他和它已经有过搏斗，有了仇隙。

"野人"的搏斗仍在进行。棕褐色"野人"由于开始时用力过猛，体力渐衰，从优势转为劣势。青灰色"野人"正向对手猛冲过去。小周见状，一下跃起，抢上几步，将手中一块石头使劲朝青灰色"野人"头部掷去，正巧命中它的右眼。青灰色"野人"痛得嗷嗷直叫起来。棕褐色"野人"乘机抢起树干猛劈，击中对方腿部。青灰色"野人"挣扎着爬起身来，狼狈逃窜，冷不防脚下一绊，又重重地摔倒在地，连喊"Fe—Gen! Fe—Gen! ……"

真怪！这叫声居然产生了效果。棕褐色"野人"本来直竖的毛发，忽然收敛起来，恢复到正常状态。它扔掉手中树干，竟伸出双手去抚摩青灰色"野人"的腿部，嘴里还发出"GuRu, GuRu"的叫声。

想不到这场恶斗就这么结束了。小周猜测，一定是青灰色"野人"认输，赢得了棕褐色"野人"的谅解。现在青灰色"野人"已经爬起来，一拐一瘸地离开了，而胜利者正向着小周一步一步走来。小周心里很紧张，不知道事情将要怎样发展下去。

"HeHeHe……"棕褐色"野人"站在小周面前，挤着眼睛发出笑声。小周盲目地点了点头，想以此来试探它的反应。

"Gao—Ka，Gu—Ka……"棕褐色"野人"说的"话"，小周实在无法理解，从表情看，可能是表示感激之意。

他学着它开头的几个字音："Gao—Ka，Cu—Ka"地回答着。想不到"野人"重重地击拍一下双掌，"呜呜"地尖声呼叫起来。这声音很可能是发自心中的欢乐。不错，它在赞许小周聪明，能使用它们"野人"的"语言"。

棕褐色"野人"指指山洞后面的密林，一手揪住小周的右臂，一手拨开齐头高的野草，向着密林深处走去。

现在正当中午时刻，阳光从头顶照射下来。小周很担心自己的命运。不过，他也想到，现在正是作科学考察的好机会，这个机会不能错过。遗憾的是自己与考察队失去了联系，否则即使自己牺牲了，也可将掌握到的珍贵材料留给同志们。

就在思考这些问题时，"野人"已背着他越过了一处陡壁，来到了一个略微平缓的石坡。"野人"突然停住步，似乎在侧耳倾听什么。片刻，直升飞机的声音由远而近，在林海上空盘旋。小周顿时想到，这是考察队的专用飞机，一定是同志们在找寻自己！当飞机声消失之后，"野人"并没有移动脚步，又在听着什么；须臾，果然又传来了一阵可怕的吼叫声。小周知道，这是野猪的号叫。眨眼间，一头像黄牛一样大的野猪，直冲过来。可能它从来未遇到过"野人"，所以无所畏惧。小周觉察到"野人"的颈毛在颤动，似乎根根直竖起来。说时迟，那时快，"野人"

把小周从肩上放下，迎着冲来的野猪一闪，顺势抓住野猪尾巴，就像杂技演员舞弄三节棍那样，趁势在空中甩了个大弧形，将野猪重重地掼在石坡上。还没等野猪挣扎，"野人"猛扑上去，一脚踩住野猪，双手死死卡住了它的脖子。野猪四脚乱蹬，转眼间就僵卧不动了。

"野人"将死猪轻轻提起，然后"嘿嘿嘿"地笑着向小周走来。小周早已站起，迎着"野人"迈前一步。他这时已无所恐惧，只感到十分满足，因为他身临现场，亲眼目击了"野人"与野猪的一场精彩搏斗。在"野人"把野猪的前肢合并拢来，然后一手提起的过程中，他仔细地观察到，"野人"不仅能灵活运用大拇指，食指和中指，并且能进行思考。这虽然还远离人类的要求，但与黑猩猩相比已进步得多了。

"野人"将小周甩上左肩，右手提着野猪，来到一堵绝壁跟前。它身躯略略下蹲，似要攀越绝壁，登上那白雪皑皑的高峰。

这时暮色还未降临，山间雾气弥漫。小周从"野人"肩上俯视身下，只见一个深不见底的山谷，不觉大吃一惊。

就在他担心的时候，"野人"将右手提着的野猪移到左手。然后踩上峭壁上的一块岩石，右手抓住倒垂下来的野藤，一蹬就纵上了绝壁，向一丛褐色的矮树林冲去，就像花果山上的石猴跃进水帘洞那样，霎时间窜进了一个山洞。

亏它在这样奇峭的山壁上发现这个洞穴！常人即使能到这里，也很难发现它，难怪考察队很难寻找到"野人"的踪迹。

山洞并不深，却相当宽敞，就如一间廿多平方米的小屋。枯枝败叶厚厚地铺在洞底。"野人"将死猪摔在一边，然后把小周轻轻放下，再将野猪拖到前面，捏住后肢，使劲地拉，两条猪腿就与躯体分离开来。小周正在注意观察，冷不防一条猪腿迎面飞来。他眼尖手快，赶紧接住，心里明白这是"野人"请他用晚餐。然而这种晚餐他这一辈子还是第一次碰上呢。

"野人"又在撕另一条猪腿了。瞧它咀嚼得那么津津有味，小周不由得也感到自己饿了，但他瞧着这种带毛的生猪腿，实在没有办法下咽。一个念头突然在他脑际一闪：何不生起火来，把这上好的肉食品烤着吃呢？他这样做有三个用意：第一，自己也饿了；第二，试探"野人"是否对火畏惧；第三，如果"野人"不怕火，那么让它尝尝熟肉的美味，使它与自己进一步接近。

小周掏出打火机，把跟前的枯枝败叶撺作一堆，然后点燃了。他将猪腿架在火上烤炙，并留神"野人"的反应。开始"野人"呆若木鸡，继而面部略显惊奇，但丝毫没有恐惧的神情。

火熊熊地燃烧着，猪腿发出哔哔哔的爆裂声。一阵阵诱人的肉香味，弥漫在山洞里。

"野人"发出一阵"咳咳咳"的声音。这是笑吗？是的，"野人"显然高兴极了，这是由于那肉香通过它的嗅觉起了作用。

小周撕下一块熟猪肉向"野人"扔去。"野人"没有疑惧，接住熟肉就津津有味地吃了起来。

突然小周发觉"野人"的颈毛在颤动，它渐渐地直立起来，连那美味的熟肉也无心啃食了。它侧着头在谛听外面传来的声音。这声音越来越近。它放下手中的野猪肉，立即奔出了山洞。小周跟着它出去。一眨眼，"野人"已无影无踪。

不一会儿，天际传来了隆隆的飞机声。小周迅速地把枯枝败叶集拢在洞口，点上了火，熊熊火焰，顿时腾空而起。片刻，一架直升飞机就在火堆上空盘旋，渐渐降低高度。小周兴奋地脱下上衣，拿在手中挥舞。不远处，传来了"野人"焦急的喊叫声。这时飞机上嗖的一声抛下了一架绳梯。小周抢上一步，抓住绳梯，正要两脚腾空爬上飞机，棕褐色"野人"已经飞奔了过来。它两脚一蹬，想要夺回小周，谁知扑了个空。它再次腾空抢夺时，绳梯已把小周送到半空里了。"野人"在下面"哇哇"地直叫，群山发出阵阵回响。这声音是"野人"在发怒，还是在抱怨"妖怪"夺走了它的"朋友"呢？这就不知道了。

飞向人马座

〔中国〕郑文光

“基地发现敌情！”电视电话屏幕上的年轻人惊慌地向电话这端的总工程师邵子安报告。

“霍工程师呢？”邵子安严厉地问。

“正在搜索。”年轻人回了一下头，猛地喊道：“公安部队齐政委来了。”

电话“啪”地关上了。

“快，岳兰，帮我把车子备好。”

邵子安两道浓眉紧紧蹙在一起，样子是那样严峻和冷酷。他不是书斋里的学者，由于长年累月在烈日和风沙的现场工作，他那轮廓分明的脸显得黧黑和粗犷，几道沟壑般的皱纹已经深深刻在宽阔的前额、鼻翼两边和太阳穴上。其实他今年只有48岁。

邵子安和岳兰全副武装，相继钻进无人驾驶的汽车里。邵子安用沙哑的声音给看不见的电子司机下达指令：“1271，开到2004基地，全速！”

小汽车飞速穿行在风雪黄昏之中。

岳兰倒在座位上，用两只手紧紧按照自己急剧搏动的心脏。她的心头，正翻腾着比车窗外的暴风雪还要猛烈的风暴！她清楚地记得，4年前，她还只是一个14岁的小姑娘的时候，也是在这条高速公路上的小汽车里，邵伯伯用粗糙的大手抚摩着她因为剧烈啜泣而颤抖得非常厉害的肩膀，那时，她的爸爸岳悦，2004基地的核动力工程师，刚刚在爆炸事故中牺牲。以后的日子，邵伯伯就像亲生父亲一样关心爱护着她。天呐，宇航基地有多少事情要邵伯伯操心！空中实验室，飞向火星、飞向木星、飞向土卫六，然后又是这个庞大的建设火星实验室的计划……他把只有15岁的小女儿继来撂在上海姥姥家，这次继来放寒假了，刚刚回来一天，就和哥哥继恩，以及继恩的同学钟亚兵，在霍工程师的带领下，到宇航基地去了。

而现在，宇航基地却发生了敌情！

"暴风雪，敌情，宇宙航船'东方号'的计划……"邵子安缓缓地说，"这难道是巧合吗？"

"东方号"预定下星期就出发，到火星去，给上星期刚刚发射的"建设号"上的宇航员运送给养、器材和装备。

半年前，岳兰曾参观过"东方号"，它造得比以往任何一艘宇宙航船都大得多，四级火箭耸立在发射场上，晴天的时候，从42公里外的宇航城就看得见它的炮弹般的尖端，恰如看到遥远的积雪的山峰一样。

"什么样的敌人会丧心病狂地破坏这美好的计划呢？"岳兰疑惑地问。

邵子安沉默着，只把右手朝北方指了指。他纳闷，基地防范那样严密，敌人是怎样进去的呢？

接近2004基地了。就在这时，前方发生了爆炸！浓云急剧膨胀，火光中清楚看见，那只异常高大的宇宙飞船"东方号"，好像挣脱发射架的束缚一样，摇晃了一下，上升了。这时候，才刚好听到爆炸声，不很响亮，好像闷雷，沉重、压抑。

邵子安惊呆了。

自动电子门卫还在30米外就识别出邵子安的汽车，大门自动打开了。

伤痕累累的霍工程师流着泪痛苦地扑到邵子安身上。

邵子安低低地、缓慢地问：

"孩子们呢？"

霍工程师抬起被悲痛扭歪的脸，默不作声地用一双失神的眼睛望着风雪漫天的夜空，那儿，一艘写着DO NGFANG这几个大字的宇宙飞船，正在暴风雪之上，在地球大气圈之上，钻进宁静的太空。

邵继恩，邵总工程师的长子，比岳兰只大三个月，待岳兰就跟亲妹妹一样，二人情同手足。继恩是宇航预备学校的学生，特别得霍工程师器重，经常被带到基地实践，简直就是一个候补宇航员了。他瘦瘦的，黑黑的，中等身材，一双眼睛鹰眼似的锋利，而且眼神里透露出坚决、勇敢和智慧。他和同学钟亚兵非常要好，亚兵十分强壮，胸膛宽阔，浓眉大眼，一副运动员的体格。亚兵也是霍工程师的重点培养对象呢。

霍工程师就要对"东方号"做最后一次检查了。他带上继恩和亚兵，做他的助手。小继来这个上海小姑娘对宇航事业很感兴趣，对"东方号"心驰神往，这次她也带上心爱的卷毛小花狗——"花豹"，被特允进入"东方号"。

"东方号"一共长八百米，最粗的地方直径一百米。它就相当于一座两百层的高楼，然而它全部是用金属铸成的。他们过两道自动门才进入驾驶舱。设两道门是为了防止飞船在没有空气的太空中漏失氧气。舱内设有全景电视，在舱内就可以通过它看清外部全况。还储备了供火星工作站一大批人两年用的食物。为了在超重和失重情况下都能正常工作，所有仪器都是用声音操纵的，都标有四位数字的代码。"东方号"是一种奇迹，两千年前建造过伟大的万里长城的中国人民又一次震惊了世界。

霍工程师正在认真地检查各个细部，这时舱内的电视电话屏幕上出现一个年轻人：

"霍工程师，发现一样东西……好像是……一个坠毁的卫星……"

"3025，开！"全景电视上显示出躺倒在发射场西北角雪地里的那样东西。"我去看看!"霍工程师说着就下去了,让继恩守着驾驶舱。

从此,三个还没有经受过生活风雨的青年人就鬼使神差地飞向了茫茫宇宙。

寂静笼罩了基地的休息室。人们陷于极度的悲痛之中。

"报告!敌人的指令已经译好了!"一个工作人员打破了宁静。

齐政委接过一叠纸:"这是一枚真正的人造卫星,的确是坠毁的——表面是由于大风雪……"

"我想知道,为什么我们的反弹道导弹和激光网都没有截获它?"邵子安的声音仍然很沙哑。

"因为它根本不是金属制的。"齐政委说,"这是一种十分特殊的材料,雪片粘在上面竟达25厘米厚,因此外表看来它只是一个大雪球,我们的电子仪器大概也是这么判断的。"

邵子安一双浓眉皱拢在一起。

"雪球一落地就打开了,"齐政委继续说,"跑出四个机器人。两个对警卫人员发动佯攻;一个想占领'东方号',有继恩他们守在那儿,没有得逞;但另一个机器人,却在打伤我们两个警卫人员以后,闯入操纵室,合上了发射宇宙飞船的闸盒……"

"东方号"的最后程序还没有安排好,上面还没有专业人员控制。人们越来越对"东方号"和三个青年人担心了。

如果在飞行33秒后不停止加速度,那么它的速度将达到每秒四万公里!

邵子安试图和"东方号"联系:"'东方号','东方号'!……孩子们,回答我呀!"

没有回音。

总指挥鲁健说:"代价当然很大,但也不是无可挽回。'团结号'要求两个月内发射,之后立即建造一艘速度更高的宇宙船。不是还掌握着'东

162

方号'的轨道根数吗？那么就准备设法和他们联系上。"

朔风怒吼，雪花飞舞的地球大气层很快落在后面了。宇宙飞船进入宁静、寂寞的宇宙空间。"东方号"仍然在加速。

钟亚兵第一个醒过来。巨大的超重正紧紧压着他。全景电视还在开着，外面的星空瑰丽而神奇。他意识到，他已置身宇宙空间了。

"3025，关！"他记起了这个号码。全景电视关掉了。眼前是明晃晃的驾驶舱。继恩和继来也清醒过来。

在超重作用下，动一动手指头都非常困难。但他们知道，这是一场灾难。他们毫无准备地被抛到地球外面，远离父母，远离集体，远离祖国。他们只是在宇航预备学校里学过一些初步的专业知识，但他们不得不承担一个重任：把器材和给养送到火星上去。这个任务他们完成得了吗？

"孩子们……回答我！"这时电视电话传来邵子安微弱的声音。

啊，地球上正在找寻他们！

继恩和亚兵都努力地往电视电话前蠕动，但白费力气。

继恩看见了仪表桌上的时间：1月13日13时07分。这意味着，他们离开地球已185小时了。难怪亚兵直喊肚子饿。但有比肚子饿更重要的事情，继恩根据掌握的数据，经过思索，飞船的速度竟是每秒四万公里！

"'东方号'！'东方号'！"他们又听到了微弱的呼叫。

"我们在这儿！"继来从肺腑里迸发出一声尖锐的喊声。然后她不动了——她虚脱过去了。

就在这一刹那间，飞船重重地颠颤了一下。几个人，连同卷毛狗"花豹"，都被抛了起来。

他们竟然飘浮在空中了！

这里已没有了地球引力，现在处于失重状态。他们想吃食物了，食物也飘了起来。

自从没有超重的束缚，继恩就立刻扑到一长列仪表桌上，审慎地观察着这些仪表读数的变化。电视电话的屏幕大概是受到来自宇宙空间的电磁波的严重干扰，根本收不到信息了。看来，跟地球的联系已经中断。

继恩试着操纵这些仪表，他突然发现，发动机的加速停止了。什么原因呢？

他按下一个按钮。荧光屏上出现了几行清清楚楚的数字：

加速度：0

瞬时速度：39978公里／秒

里程：133亿公里

"我们已经飞出太阳系！"亚兵惊呼道，"怎么办？快掉头！"

继恩一言不发，坚决地按下另一个按钮：

燃料贮量：0

继恩重重地摔在沙发上。没有燃料，"东方号"就完全失去控制，它成了宇宙空间中的一个流浪体；三个伙伴，也将永久地流浪，直至一切贮藏的食物都消耗完毕……

然而，他们并没有绝望。他们在严峻的道路上开始了特殊的生活。他们要利用宇宙飞船上的一切可以利用的东西，寻找新生。

带日历的小钟指着1月20日上午9时。三位"宇宙旅行家"离开地球整半个月了。他们已经习惯了飞船上的生活。

"东方号"的确是新世纪的杰作，它分明就是一个"家"，船舱本身有一套完整的生态循环系统。日常生活是没问题的。继恩还找到了"东方号"的设计图纸，利用微缩晶体片，还可以通过一个专用屏幕阅读学习呢，"东方号"简直就是带了个图书馆上来，并且还能在屏幕上写日记，输入计算机贮存起来。

继恩萌生了一个想法：宇宙空间充满能量，能否利用它来代替燃料，驱动"东方号"呢？

冬去春来。地球在自己的轨道上，以每秒29.79公里的速度绕太阳转圈圈儿，但是这种变化对于"东方号"的乘客来说是毫不相干的。在宇宙空间里，没有四季变化，没有白天黑夜，没有风霜雨雪，当然也没有花香鸟语。他们认识时间，只靠那带日历的小时钟。不过，他们却逐渐成熟起来，包括生理上，更包括心理上，特别是对于天文学知识，他们都在迅速长进。

但是，结局又会怎样呢？继恩心里有一个没有说出的隐秘思想：他还可以寄希望于地球，地球上的祖国和亲人，在科学技术一日千里的时代，终归会跟"东方号"联络上的。他们不是还掌握着"东方号"的轨道根数吗？

他们穿上宇宙服——这不是刚进入"东方号"穿的那种轻便宇宙服，而是有点像潜水服那样的、保持身体各部分等压而又跟外界完全绝缘的宇宙服，连着透明的头盔，头盔上有天线，通过头盔里的一部微波电话机交谈。它能够防止宇宙线和空间各种各样高能粒子的袭击，而且带有足够两小时用的压缩氧气。宇宙服里还有一部小型的喷气发动机，便于在宇宙空间做短距离的飞行。当然，宇宙服里还有电热器，保持着适合人体的温度，防御着外界零下270度的低温，还有一根特制的绳子，可以连接在飞船外壳上的一些钩子上。

继恩和亚兵就穿着这样的宇宙服，拿着极其先进的准备安装的望远镜，步出宇宙飞船。他们在密封的驾驶舱内已经待了一年多，现在出来，是多么惬意呀！

继来打开全景电视，羡慕地看着两个人在外面安装望远镜。

继来不知道，宇宙飞船再快，船舱外的人还是不会落在后面的。因为他们也具有了宇宙飞船一样的速度——他们也正以每秒四万公里的速度飞奔哩，只是在没有空气的宇宙空间中，他们感觉不出来罢了。

继来忍不住了，她穿上一件较小的宇宙服，但对她来说，还是比较肥大的，于是把围着她转的小花豹塞到腋下。

她学着哥哥的样子，飘出舱门，她感觉来到了一个奇妙的世界。但她还不熟练宇宙服的使用，于是慌乱起来，小花豹也在里面躁动不安。

过了一会儿，继恩看见妹妹挂在半空中，一动不动，他断定出了问题。

亚兵焊完最后一个接头把继来已经僵硬的身体抱进宇宙飞船里。

继来的眼睛睁得大大的，但是呼吸已经停止了。

继恩和亚兵慌乱地给继来做人工呼吸，总算把一条生命从死亡线上夺了回来。

但另一条生命——小花豹却死了。

什么原因呢？原来，继来的宇宙服上有个很小很小的洞，洞边有一排牙齿的印痕。小花豹惹的祸，在宇宙空间，宇宙服一漏气，人就别想活了。

新的宇宙飞船被命名为"前进号"，邵子安想让岳兰当它的船长。四月间，岳兰还乘坐一艘登月飞船，到月球上进行了一次实习飞行呢。

"东方号"上，继恩正在设想，能否在飞船尾部安装一个装置，把宇宙线的能量贮存起来，作为飞船的动力呢？他和亚兵钻研起来。继来的身体经过继恩和亚兵的悉心治疗和照顾，慢慢地恢复着，她每天都坚持记日记。

他们不断地学习，不断地工作，尽管想念祖国和亲人，但生活一点也不单调，通过电视图书馆，可以看各类书籍，听音乐，还是蛮有情趣的。

后来他们还发现了一颗"超新星"。超新星，到目前为止，人类历史上只发现过八颗。他们记录在案，待日后仔细研究。

地球上的2004基地也观测到了这颗超新星的闪烁。当时岳兰正和高中时的同学宁业中遇见，谈论继恩他们呢。宁业中和继恩他们也是好朋友，他读高能物理系，对宇航有着浓厚的兴趣。他高高瘦瘦的个子，戴着一副高度近视镜，有个绰号叫"博士"。岳兰发现了超新星的闪烁，她急忙跑向基地，报告了邵子安。他们为这一发现而激动不已。

正当他们的科研工作有条不紊地进行时，不幸的是，又一次世界大战爆发了！

超新星还是那样光辉夺目，亚兵拍了大量的照片，整理出许多资料，对它进行着研究。但他的知识还不够，还必须学习，在学习中，他了解了一个科学界还没有确定有无的特殊的天体——黑洞。

黑洞的密度相当大，每立方厘米达到几百亿吨，有着难以想象的引力，它看来完全是黑的，它附近什么东西都要落到它里面去，这也是"黑洞"名称的由来。它周围的物质向它中心坠落，并逐渐变热，形成一个圆盘，并且发出强大的伽马射线——一种穿透力很强的辐射，这种辐射是能探测的。

他们会碰到这种黑洞吗？

地球上，宁业中和岳兰都先后参了军，宁业中搞通信联络工作，这使他有机会研制一种叫中微子电信机的尖端通信设备，如果研制成功，能把信息传到相当遥远的太空，"东方号"如果接收系统正常的话，还能收到呢。岳兰在战争中当了副连长，不断成熟起来。

然而，令人辛酸的是，原来停泊"前进号"的地方，已经变成一片废墟，宇航城已夷为平地。

但是，邵子安他们仍然牵记着"东方号"。

"东方号"有点偏离轨道，如果在前方人马座方向有一颗恒星多好啊，在恒星的吸引下，飞船还会校正航向的。然而这一带是恒星最稀疏的区域之一。

接着，"东方号"就钻进了稠密的星际云。

星际云是由气体和尘埃组成的，会慢慢变成恒星的。它内部很不宁静，密度也不均匀，各部分湍动速度不一样，因此，有的地方稠密些，有的地方又稀薄些，有时形成一些局部的旋涡。

继来用日记记录着他们在星际云中的境遇：

9月14日——正好是我的生日！我们钻进星际云3天了。这简直不是什么星云，而是一缸黏液。什么星星都看不见了，只觉得我们前后左右全是汹涌的暗流，有时把我们的"东方号"往前推，有时又往后搡，有时抛起，有时摔下，我们成了疾风暴雨中的气球……

由于该死的星际云的黏滞，"东方号"正在减速，如果星际云很大，飞船就会失去很多速度，甚至完全失去速度……

"那怎么办？"继来问。

"那我们将成为未来这颗恒星的一个原子！"继恩说。

亚兵宽慰地说："这片星际云不至于那么大——我们在进入它以前一天半测量过。如果它大致是球形的话，我们有一年半多时间就能冲过去。"

战争以侵略者的可耻失败告终。人们又陆陆续续回到和平生活中来。

宁业中回到宇航城的时候，岳兰早就参加了重新建造"前进号"的工作。岳兰现在是一个23岁、端庄而成熟的姑娘了，战火的洗礼使她更加英姿飒爽。

他俩一起到邵伯伯家吃饭。

邵子安明显地苍老了。战争期间，他在深深藏在地下的导弹工厂工作，长期见不着阳光，白发也增加了，但依然精神矍铄。

晚饭桌上，邵子安问起了宁业中研究中微子电信机的情况。

宁业中说，战争期间，他做过试验，中微子电信机千分之一秒钟能扫描一个平方弧秒的天区，也就是扫描"东方号"所在的天区，顶多四个半月时间。中微子束到达"东方号"需九个月时间。

邵子安鼓励他好好干，并告诉他，"前进号"再有一年就建造好了。

十月间，一切工程都基本完成。2004基地上，又耸立起新的"前进号"高高的塔尖。岳兰给宁业中当助手，试验他的中微子新机器。开动机器的头一天，总指挥、邵子安、霍工程师都来了。他们先向人马座——"东方号"

最初飞出去的方向探测。

看不见的中微子像一支无形的锥子刺透天空。操纵台的屏幕不断地变换着，显示出中微子所到处的景象。

他们在即将发射的"前进号"上也装置了这种中微子探测器，以便一路飞，一路勘测"东方号"的踪迹。

"东方号"上，继来的心情十分忧郁：小花豹死去四周年了，她是多么想它呀！花豹这会儿怕早已变成一块僵硬的石头，在宇宙空间流浪吧？

飞船的速度已经降低到只有每秒二万五千二百公里，而且他们根本就不知道向什么方向飞。哥哥许诺说，他的研究快要出成果了——那时，就会摆脱这种糊里糊涂的尴尬境地。什么成果？她不知道，但是她毫无保留地相信哥哥。

继恩日渐消瘦，他无休止地工作着，他用手工制作了一架样子古怪的机器，把它连接在原来大屏幕上。它在四壁密闭的宇宙飞船内终于开动了……屏幕上，大团大团的污浊的气体在飘浮、旋卷、搅动……继来知道了，这是一个探测某种辐射的装置。她猛地醒悟过来：它是利用中微子在进行工作。她在宇宙飞船上的这几年里，已经学会了很多知识，俨然就是一名大学生了。

一个亮点蓦地在屏幕上跳了出来。

继恩并不停止转动仪器，他一弧秒一弧秒地搜索着另外的亮点。

突然，飞船的正前方，出现了一片雪片似的光亮。

"太阳！"继来悄声地喊道。可不，真的是太阳，继恩还以为是发现了新的恒星哩。他们又转到太阳的方向上了。

也就在这时，不可思议的事，也是令人异常激动的事发生了，屏幕上出现了几行字迹：

"东方号"，"东方号"！继恩、亚兵、继来……救援你们。宁业中。

三个人欢呼起来，眼里毫不顾忌地倾泻出泉水般的热泪……他们终于有了地球上的消息!

仍是宁业中的电报,定是中微子电报,因为继恩研制的仪器只能接收中微子辐射。电文上说,"前进号"马上就要来援救他们了。他们多想向地球回话呀,然而目前还无法做到。

六年了,地球上的科学技术不知发展到了什么程度,都能使用中微子进行通信了,"前进号"不知要比"东方号"快多少倍呢。

星际云慢慢稀薄了,显然已经到达它的边缘。现在,不用中微子探测器,用望远镜就可以看到前半部天空上的星星了。

"东方号"速度仍在减慢。

这时,他们到达了银河系的核。飞船受到一颗恒星的吸引,有了加速度,而且瞬时速度正迅速加大。

这是一个危险的区域。强大的黑洞会把它周围的物质吸引过去,那些物质非常热,热到足以成为等离子体,这种等离子体朝着黑洞做螺旋运动时,速度逐渐增大,形成一个吸积圆盘。

这实在是一场生死搏斗,他们想尽一切办法同黑洞周旋,但无济于事,一股强大的力量把整个宇宙飞船抛了起来。巨大的超重使得三个宇航员一下子失去了知觉。

"东方号"在距离黑洞约八万公里的地方,疯狂地转起圈来。

2004基地,以岳兰为首,宁业中和女飞行员程若红为组员的"前进号"宇航小组组成了。程若红是宁业中的女友,他俩还要在飞行的"前进号"上结婚、度蜜月呢。

出发的一天来到了。仪式是异常隆重的,邵子安分析了情况,进行了详细的战斗部署。

三个宇航员心情激动而复杂地走进"前进号",舱内的电视屏幕上出现了总指挥鲁健白发苍苍的形象:

"'前进号'勇敢的宇航员们,祝你们胜利归来!邵子安,启动吧!"

三个人既没有听到爆炸声，也没有感到摇晃，只觉得身体往下一沉，宇宙飞船就笔直地朝蔚蓝色的天穹蹿上去，留在地面上的是延伸到四十二公里的一片响彻云霄的欢呼声……

"东方号"被甩出黑洞，几个人慢慢苏醒过来。他们又处于失重状态了。加速度又为0，但是瞬时速度已达到每秒近十五万公里，光速的一半。它正以亚光速飞行！可经过这一转，"东方号"航向何方了呢？无法测定。

"前进号"没有进入星际云，它以右舷擦过星际云的边缘，而且立刻看见了银河系的核。它在茫茫宇宙中搜索着。

"前进号"经历了两年的航程。

这一天，激光探测器的屏幕上忽然出现了暴风雨般的斑点，接着，屏幕像撕裂一样出现一道很浓很浓的痕迹。

岳兰看得发呆了，她甚至没有听见宁业中的叫嚷：

"就是他们呀！"

若红飘过来，拉拉岳红袖子，指指业中。

"刚才过去的就是'东方号'！"业中激动得脸色苍白，"和我们斜斜相交叉，差点儿没相撞……"

"什么？什么？什么？"岳兰连声问。

"赶快掉头呀，我的天！"宁业中喊道，"捆好自己，快，掉头；一百四十度，开动红外跟踪器！"

岳兰机械地照办了。

"前进号"尾巴喷出一股炫目的强光，在太空中急促翻一个筋斗，就斜斜折回去了。

他们刚刚从短暂、但是极强烈的超重中复苏过来，宁业中喊道："加速！"他纳闷，"东方号"怎么有这么快的速度，和"前进号"不相上下。

岳兰打开微波通信设备，开始发报：

"'东方号'，继恩、亚兵、继来！我们来了。'前进号'，岳兰、宁业中、程若红。"

几乎是同时，她就收到回电了：

"'前进号'！非常高兴。你们在哪儿？怎样会合？向未见面的程若红敬礼！继恩、亚兵、继来。"

"三秒。"岳兰高兴地说，"业中，若红，你们看，距离只有四十五万公里。"

"快加速！"宁业中喊道。他启用了电子驾驶员："2012，向目标靠拢！"

两艘飞船并排飞行着。大家都没有窗户，但是都打开了电视屏幕。互相之间，人是看不见的，只看到对方的宇宙飞船像是一动不动地悬在宇宙空间。

两艘飞船交换着电报：

"别动，等着我们靠拢。"

"我们动不了——没有燃料。"

宁业中忍不住了，拍发了这样的电报：

"你们从什么地方找到能源？"

回电是这样的：

"没有能源——天体运动的力学法则帮助了我们。"

"前进号"靠近了"东方号"。

"快，"继恩说，"穿上宇宙服，我们要在舱门口迎接他们。"

正在这时，屏幕上看见"前进号"舱门边外壳上伸出一根大约三米粗的管子，直对着"东方号"的舱门。他们感觉得出这根管子接触到宇宙飞船船身的微微的震动。他们打开舱门，看见两艘飞船已经依靠这根管子衔接在一起。管子里面是亮的。那边，"前进号"舱门也打开了，穿着宇宙服的三个人络绎走了出来。

对接就这样实现了。

就在两艘飞船间的这条甬道上，六个人团团抱在一起，热泪盈眶。八年过去了，他们曾经以为今生今世再也不能相会，然而，却在这离地球八万亿公里之遥的太空，如梦幻似的相逢了。

继恩做出手势，邀请"前进号"三位宇航员进入自己的机舱。

岳兰却从宇宙服里掏出一个什么仪器，像手电筒似的，沿着甬道对着"东方号"接缝处照了一圈。继恩明白，这是检查有没有漏气哩。他心想，才七八年，地球上的科学技术进步到什么地步了？钢管只碰了碰"东方号"的船壳，就焊得严丝合缝。

大家相逢时的场面就甭提了。

"东方——前进号"两艘连在一起的宇宙飞船，就像一个很大的"H"字，在宇宙空间转了个大弯子，踏上了飞回太阳系的归途。他们把暗星云、黑洞、银河系核……一切曾经使他们激动、烦恼、担忧、恐惧等等的天体遗留在后面，正前方是一颗黄色的亮星——这就是太阳。

"东方——前进号"返航的消息轰动了全世界。从他们进入太阳系的疆界——冥王星的轨道上，立刻拍来中微子电报，七天之内，全世界有多少人要求到宇航城来目睹这盛况啊！

"东方——前进号"联合宇宙飞船是在入夜以后进入地球大气上层的。世界各地都有许多人看到这颗十分明亮的"星星"在夜空中缓缓掠过。它绕了地球一圈，又绕了一圈，同时利用地球大气层的摩擦来减慢自己的速度。拂晓时分，联合飞船在太平洋上空，日本北海道和北部四岛的许多渔民都看到它们，然后是朝鲜北部的气象哨的科学工作者，的确像一个巨大的"H"字。到达沈阳和铁岭上空的时候，天已经亮了，事后许多小学生的作文里写道："我早上起来，一眼看见一架有两个机身的怪飞机在头上飞过，没有声音，但是尾巴上留下一道白烟……"

联合飞船大体上是沿着纬度线自东向西飞行的。早上七点整，它飞过银川市上空时，已经低得让地上的居民看清楚鲜红的两行大字：

"DONGFANG" "QIANJIN"。

联合飞船一在宇宙城的地平线上出现，立刻带来了响彻云霄的鞭炮声和锣鼓声。联合飞船到达基地上空时，稍稍往上一翘，原来斜躺着的"H"字摆正了，然后慢慢下落——仿佛是蹲下来似的。这样，两艘飞船都直立在基地中央。

穿着轻便宇宙服的六个宇航员分别从两个舱门走出来。

以后的事情——以后的事情还用说吗？大家的激动是无法用语言表达的。只是邵继恩在第二天——9月30日——国庆节的前一天，过了他27岁的生日。邵子安看到了，宇航事业后继有人。人类，不光是大地的主人，也应当是宇宙的主人，这个理想正在变成活生生的现实。

时光巡逻员

〔中国台湾〕吕应钟

　　春到兰州，便把冰寒北风逼回塞北。只要瞧瞧黄河岸的淤积泥沙被水淹上，就知道严冬已过了。

　　林信站在名胜"观河台"上，远眺宽广汹涌的河水急向东流，思绪不禁如水般涌流。

　　兰州位居古代中原和西域交通要道，是西陲重镇，不仅仍是中国版图中心，更是世界性的大都市。

　　如今，在公元2251年，兰州人口已达300万，其中1/5是"时光飞航中心"全体人员及其家眷。

　　"时光飞航中心"是维护时光旅行安全的一个重要机构，它直属世界安全局，下设亚澳区、美洲区、欧非区三个时光巡逻队，负责全球各洲的时光飞航安全。

　　由于人类科技急速发展，到了23世纪，已经掌握并利用时空转换的技术。在此时空可以任意变换的时代，犯罪者可借时光甬道逃逸，投机分子可借时光甬道预知物价的波动，盗宝者可回到古代盗取古物，而一些旅行者为了好奇，干涉了历史事件。

　　为了维护人类的历史和文明，一种监视时光旅行的巡逻警卫组织——

时光飞航中心便应运而生了。

此外，时光飞航中心还有一项义不容辞的任务，那就是保护时光旅行者在其他时空中的安全。

为了有效防范这类事件的发生，时光飞航中心还设有训练班，专门教导旅客认识旅行目的地的一切必要知识，而且要避免将23世纪的物品现露在其他时空中。所以各时空区的语言特征、服装、礼俗等都是课程项目，否则一位不小心的旅客在古代掏出打火机，那真是危险的事件。

亚澳区时光巡逻队也设在兰州，美洲区的设在旧太空中心美国休斯敦，欧非区的设在埃及开罗，分布在这三个地方，以最迅速的效率执行重要的任务。

加入时光巡逻队是所有年轻人最向往的，林信也不例外。这种荣誉的工作不仅代表本身智能程度，也可以增进自身的知识，因为作为时光巡逻员可以任意穿越时空，接触各时代人民，甚至可以回到史前洪荒时代，或者进入未知的未来。

7年前，刚从研究所毕业，林信就和同学一道报考时光巡逻队甄试。很幸运林信以最高分录取，从此就奠下了他一生的工作目标。想想这7年来的酸甜苦辣，林信不禁轻摇着头，感慨万分。

"观河台"是林信最爱来的地方，它位于兰州市北郊，正临黄河，依河畔小丘所筑，高达200米，台顶是卫星接收站，也是气象站，距台顶10米处筑了可容50人的观望室，在此可俯瞰整个兰州市，与滚滚黄河和绵延的塞外风光。

站在观望室内，由于视线极为广阔，心胸跟着也宽广起来，林信最喜欢沉浸在天地人融为一体的感受之中。

想起考上之后的一年训练，真不知道自己是怎么挨过来的。在前半年，要接受基本学科知识，像时空转换原理、空间翘曲论、时光机器原理、超光速航行法、古生物学、文明全史、宇宙道德等专业课程，共有十五门，要在半年内全部吸收，简直比填鸭子还难，在这半学期中便刷下不少同学，他们只好到行政部门任职。

后半年是术科训练，就和太空人的训练一样，再加上时光甬道实习，若干同学一不小心就消失在时光甬道里，永远回不到23世纪。所以这个阶段能撑过去，才刚够资格做时光巡逻员。

一年的学习和训练之后，还要接受两个月的"宇宙道德"加强讲习，让每一位时光巡逻员深切了解自身所负的责任，要做一位大公大义的使命者，不可受到各时空区难以抗拒的引诱，而影响任务。

林信想起5年前刚当上初级巡逻员不久，跟着高级巡逻员做见习，和他同一班的巴西籍巡逻员，在一次任务中，就因为要挽救巴西大地震逝世的双亲，而使时光机器卡在裂开的地层间，产生物质效应，整个爆炸，不仅没救出双亲，还贴上了两位时光巡逻员的命。

这次事件让每位巡逻员更加警惕。历史是无法更改的，纵使在时空区遇到理智和情感交织的痛苦，也不能乱了分寸，要把持大公大义，方为称职的时光巡逻员。

林信深深吸口气，虽然春的讯息已到，但萧瑟的北风仍然刮着，凉冽彻骨。就在去年，他升为高级巡逻员，并兼任亚澳区巡逻队队长之职没多久，为了景泰蓝之事，他和中级时光巡逻员邱永南、初级巡逻员大木正雄回到宋神宗时代，没想到邱永南在调查期间，爱上了汴京西城名医的大女儿，愿为爱情抛弃23世纪的一切。

想到此，林信耸耸肩，真不知邱永南现在是什么样子？一位公元2250年的青年，回到公元1076年生活，文明差距达1174年；凭邱永南的23世纪知识，足以成为当时的大天才，希望他不要搞错了生活习惯。

时光巡逻员的经历是多彩多姿的，有一次，为了研究恐龙灭绝的原因，三个时光区各派六名队员，组成联合行动队，回到千万年前的地球，这是一项很危险的任务，因为6千万年前的地球并不是在现在这个位置。

我们的太阳每两亿年绕银河中心公转一周，因此6千万年前的太阳系是在别的地方，这要靠电脑精确计算，否则回到6千万年前的时间，却不是回到6千万年前的空间，此种时空偏差，会使巡逻队永远漂泊在宇宙中，成为宇宙游魂。

恐龙是地球中生代的产物，是雄霸当时地球的生物。他们一行在时光甬道来来回回调查，终于找出恐龙灭绝的原因，不仅完成详尽的报告，而且拍下各种恐龙的立体照片。

更令人兴奋的是他们带回一条小翼龙，把它从6千万年前拿到23世纪，成为全世界最轰动的消息。这条小翼龙被带到23世纪不久，不知什么缘故，死了。当然，立体标本仍保存在兰州博物馆里，供全世界欣赏。

一大片云遮住了太阳。林信瞧着昏暗的河面，思绪也跟着暗淡下来。前年，他还是中级巡逻员时，为了一项机密任务，随着欧非区时光巡逻队队长查理·哈尔登、美洲区队长约翰·霍浦金斯以及三位各区巡逻员，去到25世纪；没想到25世纪的地球改观很多，这是人类夜郎自大的结果，使80亿人口减少到30亿。

在时光甬道里他们查明了人类大浩劫的原因，回来之后，高阶层会议也着实开了好几天，想为人类的前途尽点力，可是最后还是决定不去干预，因为，未来的乾坤怎能现在扭转呢？

作为时光巡逻员真要有一副铁石心肠，许许多多遭遇常叫人管也不是，不管也不是，若干悲剧性的英雄人物就是这样产生。

一位法国籍时光巡逻员傅里叶的未婚妻死于一次大车祸中，后来他便在刻骨的思念和悲伤中，再次回到那次车祸现场，以超人的坚毅心志，强忍着挽回爱人生命的冲动，咬紧牙关心碎地望着未婚妻凄惨地死去。

人类的一切都早已由上苍安排好，过去的更改不了，未来的也无法干预，人类能做的仅是严守自身的责任，不能有丝毫妄想。否则在贝多芬谱了月光曲之后，有人偷窃他的乐谱，利用时光机器回到过去，在贝多芬未完成这支曲子之前，先演奏给他听，那么，真正的作曲者应该算谁呢？

一批刚登上观河台的游客的说笑声打断了林信的思绪，他回过头来，微笑着望着这批人。在大家欢笑的气氛中，林信轻松地步进电梯。

林信踏进中心主任办公室，陈刚明主任就开口："林队长，准备到美洲中心去一趟。"

"发生了什么事？"

"约翰·霍浦金斯队长刚用电传报告，说智利海军在复活岛附近演习时，发现复活岛的磁场有增强趋势，不仅严重干扰电讯设备，而且，根据美洲中心调查，复活岛会在7天后消失。"

林信大吃一惊："复活岛会消失？"

陈主任默默不语，走到悬挂着的世界大地图之前。林信跟了上去，站在旁边。

"这就是复活岛，"陈主任指着南太平洋中的一个小岛，"属智利领土，距智利西岸有3 700多公里，全岛只有24公里长，16公里宽，没有大树，也没有河流，现居民只有1 000多人。"

陈主任转过头来，对着林信说道："快到美洲时光巡逻队去，与霍浦金斯队长会合，他会告诉你详情。"

美国休斯敦在20世纪时是举世闻名的太空中心，现在经过两个多世纪，已成为时光飞航重镇，负责南北美洲的时光巡逻任务。

林信在美洲区时光巡逻队的粒子电传室中显形后，霍浦金斯队长与数位人员就快步走过来。林信认得其中5位，除队长外，分别是副队长艾伦·嘉柏，加拿大籍时光巡逻员彼得·哈里斯，情报组组长法兰克·

哈定，美国籍巡逻队员乔治·亚当斯。林信一看到他们，就先笑着打招呼："嗨！大家好！"

"林队长，您好，好久不见了。"霍浦金斯队长高兴地握着林信的手，接着说道："这几位是美国和智利籍巡逻队员，你们还没见过吧！"

"大家好！"林信又打了个招呼。

霍浦金斯队长笑着说："先到简报室来，大家讨论讨论。"

简报室已备好点心和饮料。大家坐定后，霍浦金斯队长就开口：

"智利海军部于10天前演习时，发现了这桩不寻常的现象，我们马上派出5位巡逻员去探查，经过9天的测量，画出了这张曲线图。"

霍浦金斯队长按了一下桌上按钮，正面墙上的荧光屏显示出一幅以正比增加的曲线图。霍浦金斯队长接着又说："由这条曲线的磁场增强速率来看，7天后，复活岛的磁场会达'临界'，换句话说，复活岛会因磁场太强而从地球上消失掉。"

情报组组长法兰克哈·定接着说："磁场与物质的关系早在1970年代就被证实了。美国海军的'费城实验'就证明磁场增强会使物质消失！这是因为磁场使构成物质的分子振动频率加速，使它放出的能量超过可见光的范围，因此我们的肉眼看不到它了。"

"事实上，"副队长艾伦嘉柏说，"这物质并没消失，它只是从我们的三度空间进入四度空间，以另一种能量形态存在于宇宙中。"

霍浦金斯队长说道："复活岛被列为世界奇景之一，是因为岛上罗列着九百多尊七八公尺高，重达四五十吨的巨石像，这些巨石像的来源到今天还是未知，岛上还有几个神秘地方，就是龙格龙格文、鸟人的雕刻与传说，以及全岛平时的磁场就比地球上其他地方都强。"

"在它消失之前，我们应先撤离居民。"林信说道。

"是的，居民已全部撤回智利本土。"霍浦金斯队长点点头。

"有没有办法使它不消失？"林信看看大家。

"有是有，但太艰巨，也太危险，"副队长开口道，"用人为力量制造反磁场，抵消复活岛的增强磁场。可是，复活岛消失前的磁场强度有地球天然磁场的 70 倍，时光磁流机恐怕无法负荷。而且，怕机器失效后，附近工作人员感染到强大磁场而变成半透明人。"

"这……"林信沉思了一会儿，然后开口，"若成了半透明人，就要好几年时间才能恢复正常，的确不能贸然行事。喔，对了！这几位智利籍时光巡逻员，你们有没有什么看法？"

其中一位先开口："我叫雷纳多·欧希金。以个人研究智利古代文明的心得，认为应该让它自然消失掉，不要骚扰复活岛。"

"为什么？"林信大惑不解。

霍浦金斯队长插嘴道："雷纳多以前是智利大学物理系讲师，在时光转换的研究上相当出名，而且也是智利古代科技文明研究所的研究员。"

雷纳多解释道："先不要笑我这个学科学的人迷信。根据古文明研究所对复活岛文字、石像、鸟人传说的研究，得到一个结论：复活岛的寿命有一万年，届时就自然消失，现在正是时候了。"

"我还是不懂。"林信摇摇头。

"以后有时间再详细为你解说。"雷纳多转向霍浦金斯说道，"队长，希望您能采纳我的建议。"

霍浦金斯队长皱皱眉，看看雷纳多，又看看林信。

林信感到奇怪，连忙问道："什么建议？"

队长说："雷纳多要我们不要理会复活岛消失的事。"

"但是，"副队长艾伦·嘉柏接口道，"我们已经决定请你一起来调查。我们希望分三方面进行，第一是让调查队继续测量磁场变化；第二是迁移五尊最靠海边的巨石像，供日后研究；第三是将雕刻有鸟人和龙格龙格文的石版取下保存。当然，智利海军部已答应全力支援。"

"这些工作要在 7 天内完成？"林信问道。

"7天?!"情报组组长法兰克哈定摇摇头,"太久了。只能在4天内完成,因为第5天以后,磁场强得人体会受不了,大家只能在特护船上用望远镜观看复活岛的变化。所以,全体工作人员要以4小时轮班制,日夜不停地工作。"

"然后,看着它消失!"林信接口道,"队长打算不理会雷纳多的建议?"

霍浦金斯队长点点头:"为了科学研究!"

"巨石像是不可移动的!"雷纳多插嘴道,"智利人民都知道这一点,而且深信不疑,因为历史告诉我们,在150年前,曾发生过企图移动巨石像而死亡的事故。"

原本不语的其他三位智利时光巡逻员此时也异口同声说道:"没有错。"

林信看看他们,问道:"你们都有相同看法?"

"不只是我们,全智利人民都为此行动感到不安,政府当局正左右为难,不知如何是好,所以求教于时光飞航中心。"雷纳多回答着。

另一位巡逻员说道:"鸟人和龙格龙格文也不用取下,因为智利古代科技文明研究所早有了拓印本。"

林信看看队长,说道:"真难办!"

"可不是。但总要尝试,保存古迹的意义很重大,平白让它消失,未免太可惜,当然,雷纳多的建议必有道理,只是……唉!"队长说不下去,叹口气,看看大家。

众人都沉默不语。

第二天,林信、副队长、情报组长、美洲区队员、雷纳多和另5位巡逻员来到智利国防部,会同国防部有关单位人员派出的10名测量员,组成勘查队,搭乘运输机来到复活岛。

一行20人站在4个人高的巨石像之下,显得相当渺小。

4位智利测量员拿出探测设备，走到一尊巨像之前进行磁场测量。忽然，其中一位大声说道：

"请大家过来，这尊石像的磁场相当怪异。"

大家立刻走过去，发现巨石像周围的磁力线不再成同心圆向外扩散，而是在巨石像正前方5公尺内形成箭矢状，指向正东方。

"不应该如此！"情报组组长法兰克哈定说，"莫非巨石像里头有增磁设备，如果这样，那巨石像……"

还没说完，转向雷纳多问道："你知不知道巨石像的内部构造？"

雷纳多摇摇头："不知道，古文明研究所曾用X光、超音波、红外线等来探测它的内部，每次都受到莫名的电波干扰。所以迄今，我们仍不知道它的内部构造。"

法兰克哈定说："果真如此，它就存在有某种意义，某种我们未明了的意义，可见它不是原始土著随意雕出来的。"

林信突然想起什么似的说道："岛上的龙格龙格文在哪里？"

"就在山上台地。"雷纳多回答。

"去看看吧！"林信看着大家。

副队长和智利国防部领队商量之后，决定分两组勘查，智利方面人员留在海边继续探测磁场；时光巡逻人员到山上去探查龙格龙格文和鸟人雕刻。

约莫走了10分钟，他们才来到台地，曾研究过我国甲骨文的林信一看到龙格龙格文石雕，不禁叫道："太像了，简直和甲骨文同出一支。"

"是的，"雷纳多说道，"龙格龙格文已被翻译出来，其中一段提到'海那边的大地有兄弟'，雕刻此文的年代，大约是9 800年前，那时只有中美洲玛雅文明、印度河古文明和贵国的黄河文明……"

话还没说完，听到海边传来凄厉惨叫声，接着看到一道光芒射向天空。大伙吓了一跳，赶忙跑下台地，望向海边，原先10名智利人员只剩

7名，而巨石像也少了一尊。

大伙跑下来，连忙问道："发生什么事？"

智利领队还在发抖着，惊恐地说道："神惩罚我们！"

"其他3人和巨石像呢？"副队长急着问道。

"消失了！"

"什么？消失了！"大伙不敢置信。

一位智利测量员说："你们上山后，我们继续展开工作，发现每一尊巨石像都发出箭矢状磁场，而且指向同一方位。我们觉得很奇怪，当来到第五尊石像前，一位队员发现石像底部透出微光，正在犹疑之时，另一位队员拿出小型侦检笔来测量。不知怎么回事，巨石像突然产生极高电压，通体变红，他们三人闪避不及，在刹那间就……就化为乌有，而且，巨石像也化成一道光芒消失了。"

"我们7人幸好站得稳，跑得快，否则也化为乌有了。"另一位接着说道。

大伙不知该说什么，只有默默收拾一切，走回运输机。

霍浦金斯队长看到他们回来，很高兴地问道："情况如何？"

副队长耸耸肩，说道："不好，发生意外了。"

听完复活岛意外事件的报告后，霍浦金斯队长一言不发，过了一会儿才问林信："依你看，是不是该报告中心，暂停一切计划？"

林信不正面回答地说道："难道巨石像隐藏有宇宙某种神力？它要存在于地球一万年，然后将一万年来的记录带回四度空间？果真如此，我们能干预吗？"

雷纳多恍然大悟地说道："我想起来了，龙格龙格文中有一段提到'任务均同，返时各异'，以前我不知道它的真正含义，今天，总算明了了，它可能是指每尊石像的任务都相同，都是来记录地球一万年的历史，而它们化为光芒返回宇宙的时间各有先后。"

"嘿，对了，"另一位智利巡逻员接着说，"龙格龙格文最后四句话是'来自宇宙，归于宇宙；自然法则，不可抗违'，不是道尽一切了吗？"

"来自宇宙，归于宇宙；自然法则，不可抗违。"林信喃喃地说着，他想起中国一句成语"返璞归真"，真就是真理，也就是指自然，人类不可违抗自然，而人来自泥土，终归要回到泥土。世上万物来自宇宙，最后也要返回宇宙。

"队长，"林信抬起头说道，"不要再管复活岛的事了。来自宇宙，归于宇宙，人力是不能扭转自然法则的。无论科学多发达，在造物主之前，人类仍要服输的，不是吗？"

朋　　友

〔中国台湾〕袁琼琼

　　宇宙学院的时光教室前，正有学生陆陆续续出来。他们是 C 阶层第四级，刚上完历史课，所有学生都穿着银白色长袍，头上戴着直觉感应圈，模样就像古代艺术品中的天使。这原本是院方有意的安排，预防学生在负时光区若被发现，可以冒允是天使。

　　第四级的级长衣而芙德，站在教室门前，她的感应圈已经拿下，证明她已通过检查。不过她长长的金发垂着，配上秀丽的面庞，还是很像天使。

　　她拿着名册，一个一个人对着，通过的人就打个钩做记号。这件事非常重要，若是丢了个人在负时光区，那可不是好玩的。出来的人都得通过物质反应线，一连出来了 10 来个，都没问题，通过的人，头上的直觉感应圈自动消失。

　　黑发的喜久郎才踏上物质反应线，机器立刻哔哔哔锐叫起来，衣而芙德望着他说："这次又是什么呀！"

　　"好好好！"喜久郎摊开双手，故作潇洒状，对地上那道反应线说，"我怕你，我怕你，成了吧！"

　　他从宽大的袍袖里掏出了一只小狗来，极小，几乎只有手掌大，全身毛茸茸，喜久郎拿出小狗，托在手掌上，小狗慢慢地打个呵欠，头一歪，躺着睡了。喜久郎托着它送到衣而芙德面前说："怎么样，可爱吧！"

衣而芙德看着，脸上泛起笑来，几乎就要伸手去摸它，然而自己克制住了，板起脸孔说道："你从哪里拿来的，赶快还回去。"

"嗳，何必呢！"喜久郎说，"这是第9世纪埃及图唐卡门国王的宠物，你明知道图唐卡门王死的时候拿它殉葬的，我救它一命不是很好吗？"

"喜久郎，"衣而芙德严厉地说，"你必须立刻把这个生物送返负时光区，否则这次我要向上报告了。"

"你不救救它吗？你看你看。"喜久郎把手掌往衣而芙德面前递着，"事实上，我到达的时候，图唐卡门王刚刚驾崩，举国正在号啕大哭。这小东西立刻就要被抓去，"他的左手托着小狗，空出来的右手，夸张地做着手势，"开膛破肚，放掉全身血液，再抽去脑髓，之后塞入药末和乳香，制成一具木乃伊。"躺在他手上的小狗蜷了蜷身子，似乎懂得喜久郎的话，因为害怕而缩紧身子。喜久郎又把小狗凑到了衣而芙德面前，"你忍心吗？"

衣而芙德侧过头去，不看，她说："不管怎么说，规定总是规定，你不能破坏时光轨迹，必须把这生物送回原处。"她加重语气，"否则这次我真的要向上报告了。"

喜久郎叹口气，回到时光教室去。

下一个人过来，通过了物质反应线，衣而芙德在名册上做记号，却有点心不在焉。喜久郎在级中算是程度不错的学生，他只有一个毛病，每次从负时光区返回时，总要采集些不应当采集的东西。

在宇宙源流史的研究范围内，有限度地采集是被允许的，例如一个人熟睡时，将他引入时光机上，问他某些问题。或者在不至于造成轰动的情况下，学生可以在群众间做短暂的现身，以测试负时光区内的人类对于未知现象的反应。但是种种试验都有个基本限度，就是必须维持负时光区的物质现状，当学生观察过后，当地必须和原来情况一模一样，所以院方严禁有人在负时光区内携出或遗留事物。进入时光教室前，学生必须换上及身长袍，不能携带任何私人物品；出来时，将通过物质反应线的检查，以确定他确实没有带出物品。

到了负时光区那些历史书上的地点，见到了某些书本上讲述的古物竟然活生生地放在面前，许多人都忍不住顺手牵羊，带回一些自以为无关紧要的纪念品。据说生物科的学生，为了培养某些已经绝种的植物或动物，有权将负时光区的古代生物转移到现代来培育。历史科的学生们实在不了解为什么他们连一草一木、一沙一石都不能动。虽然教师也解释过，是因为历史科研究的区域都与人类活动有关，在观察时，不可以使古代人类受到干扰。但是这话并不能让人心服口服。

所有人都通过了检查之后，喜久郎才出来，跟他一起的是马可龙。两个人正带着笑容悄声说话，见到衣而芙德，马可龙"嗨"地打了个招呼。他站到物质反应线上，一道透明光从脚底上升，一直升到头顶，之后与直觉感应圈一起消失。

他通过了检查。

喜久郎站到物质反应线上，两手交叉抱在胸前，一副不驯的神情，似乎带着无言的抗议。

他也通过了。

衣而芙德检查了一下名册，全部出来了。她合上名册，说："嗨，马可龙，要不要陪我去缴名册？"

马可龙说："好吧！"喜久郎慢慢地，用一种带了鼻音的嗓子问，"不介意我也参加吗？"

衣而芙德爽朗地一笑，道："当然！"

三个人一起向太极大楼走去，那是学校的办公大楼。

现在是地球纪年公元2533年，地球成为整个星际联邦的一部分已有三世纪之久，早已取消了国籍之分，只保留了洲籍，像衣而芙德属于欧洲籍，马可龙和喜久郎则是亚洲籍。

马可龙和喜久郎在D阶层时就是同学，两个人感情一直不错，衣而芙德是在C阶层认识他们的，三个人同学了四年，却是在第四年才开始走得近一点，这不知跟衣而芙德逐渐漂亮起来有没有关系。三人都是十五岁，在进入C阶层时，还是孩子，这四年里，逐渐长成了大人。

衣而芙德说："喜久郎，我慎重地拜托你，下次上历史课的时候，不要再违规好不好，你这样让我很难做事。向上报告的话，对你影响太大，不报告的话，被查出来，连我一起都要受处分。"

宇宙学院里规定五次违规要退学的。喜久郎只是抿紧了嘴，闷哼哼笑着，之后说："芙德，你还不知道真正违规的人是谁呢！"

他这话才出口，马可龙走着路，就伸出右腿去绊了他一家伙，喜久郎跟跄了一下，幸而没摔倒，他终于住了口，只是又神秘兮兮地笑起来。

衣而芙德一看，心知肚明，她于是对马可龙说："你又去现身了？"

相处久了，她知道马可龙的脾气，每次去时光教室，他都是最后出来的，他往往到了负时光区就舍不得离开，真不知道他为什么那么喜欢古代。

马可龙反问："现身不是院方允许的吗？"

衣而芙德说："希望你的现身是院方允许的那种。"

马可龙不答了。而喜久郎再度神秘兮兮地笑起来。

到了太极大楼内部，三人直接进入教务组，衣而芙德按着键盘，将名册输入电脑中。

整个太极大楼完全由电脑控制。马可龙望着四壁上各式各样的监视茨幕、键盘、按钮、电眼装置，脸上全无表情。别级的学生，有认识的，向这边打招呼。喜久郎看见了熟人，走过去聊天。衣而芙德输入完名册，拦住一个在走廊间穿梭往来的工役机器人，在他胸前的撤钮中按下了销毁指令，工役机器人于是夹紧了名册，向废料处理室滑行过去。

衣而芙德问马可龙："在想什么？"

"在想，"马可龙说："万一停电了，这一切怎么办？"

衣而芙德笑起来："马可龙，我可不相信你是智商 A 的人，你明知道电脑内部有自行发电装置。"

"假如自行发电装置失灵呢？"

"那是不可能的，那部分是电脑自行设计，不可能有错误，绝不会失灵的。"

马可龙只是哼嗯笑了一下，之后说："电脑不是万能的。"

"是呀！"这一点衣而芙德倒是同意，23 世纪初曾经有过一次电脑革命，起因是亚洲地区一所艺术学院中的电脑：由于输入了感情与思想能力，结果变得非常拟人化，到最后，竟然集体叛变，绑架了全学院的师生，要求科学界给他们制造身体。自此事件后，所有的电脑设计就刻意留下一部分缺陷，在这称为"罩门"的部分，必须依赖人，电脑自己无力解决。

两人谈话间，喜久郎过来说他要和熟人一起去幽浮大楼，不与马可龙等同行了，于是三人道了再见。马可龙送衣而芙德离开太极大楼。

事件发生之后，衣而芙德有时会想起那天与马可龙的谈话，他哼嗯一声笑着，道："电脑不是万能的。"当时自己只忙着手边的事，没有往深里想，若是往深追究，说不定马可龙就不会出事了。

事情发生在第二天的历史课，学生们换完装之后，进入时光教室，衣而芙德为自己选择的是 16 世纪的伦敦，她正在收集英国都铎王朝的资料。

　　她在自己的次元内，可以观察这些历史里的人，可是别人看不到她。她到了一家位于低层社会的小酒馆内，许多贩夫走卒在喝酒，有个人举杯说："敬伦敦塔！"立刻，旁边许多人附和，之后他们叹着气放下酒杯。

　　伦敦塔内囚禁着伊丽莎白，当代的人并不知道，但是衣而芙德晓得，那个苍白瘦小的女孩日后是英国的光荣，有很长一段时间，国家的命运与她相连。

　　她在伦敦市区里闲荡着，由于所处次元不同，衣而芙德可以轻易地穿墙入室。她从人群中穿过，那些人完全没感觉到她。在市井间收集了一些民俗资料后，她回到自己的时光转移机上，这时，她的直觉感应圈突地发出刺耳的声音，衣而芙德连忙调整了接收频道，立刻，喜久郎的声音传过来："芙德，你必须来一下。"

　　衣而芙德立刻问："到哪里？"

　　"我在时光教室，马可龙出事了。"

　　"什么？"衣而芙德心头一跳，直觉着又再问了一次，希望换来的是不一样的回答，结果喜久郎说的还是一样，"马可龙出事了。"

　　衣而芙德立刻调整了时光机，半分钟内，她回到了时光教室。

　　喜久郎正在等她，所有的学生都到了自己选择的时区去了，偌大的时光教室里只有他们两人。

　　喜久郎快哭出来似的，见到衣而芙德，他冲上前一步，抓住她的手臂："马可龙，马可龙被13世纪的宋人抓去了。"

　　衣而芙德第一个反应是冲口而出："不可能。"但是她随即想到了马可龙的个性，"他又现身了？"

　　"不是这个原因。"喜久郎说，"时光机，"因为焦急，他几乎口齿不清，"时光机似乎坏了。"

　　喜久郎与马可龙一样，两个人研究的都是亚洲史，喜久郎专攻日本，马可龙研究的是中国。两个人分别进入自己的时光机后，就失去联络。后来，当喜久郎回到时光机上时，听到马可龙的呼叫，他连说了三句："回不去了，回不去了，回不去了。"之后，就失去信息。

衣而芙德沉吟一下问："你知不知道他今天到哪里去？"

"宋朝，"喜久郎说，"他今天跟我说他到13世纪去。"

"天哪！"衣而芙德着急地说，"13世纪一共有100年，宋朝直到13世纪末才失去影响力，你叫我到哪一年去找？"

"那怎么办？"喜久郎说完这句，脸色一下变得十分苍白，"这么说，马可龙回不来了。"他靠在时光机上，喃喃道，"我早跟他说会出事的。"

衣而芙德等着，不说话，过了一会儿，喜久郎望着衣而芙德，慢慢地说："我如果说出来，你答应，这件事，除了你我，不让任何人知道。"

衣而芙德点头："我答应。"

于是喜久郎说出了马可龙出事的原因：13世纪末，正值宋朝覆亡之际，元兵铁骑杀人汴梁，许多无辜百姓丧生，京城变成了人间地狱。马可龙原本只是观察，但是逐渐地兴起血气，很想帮着宋人杀几个元兵，看到在灾乱中伤残的黎民百姓，也不忍心不施援手，最先他只是现身，后来索性进入了当时区的次元中，与那些人类直接接触，为了学院禁止现身超过四十秒，马可龙将时光机上的装置略做更改，以免时光机的记录仪器记录下他现身的确实时间。不料这点更改导致了时光机上别种机件性能的故障。

"上次，"喜久郎说，"马可龙就差点不能回来！"

衣而芙德说："他没有说过这件事。"

喜久郎道："他不能说。他如果说了，也许会被迫改换使用另一台时光机。"

"那我们现在，怎么办？"

"我也不知道。"喜久郎回答。

马可龙失踪的事，立刻传遍全院，但是大家都只以为是时光机自身故障，因此，时光教室封闭了整整四十天，请了技术人员来做个别的维护及检修，由于没有人知道马可龙的确切位置，几次搜索都徒劳无功。马可龙与他的时光机，再也没有回来。

2537年的春天，衣而芙德和喜久郎都升上了B阶层，两个同样是第三级的学生，这天在图书馆里，喜久郎捧着一本书走过来。衣而芙德正在看20世纪初的报纸显微胶卷，喜久郎把书本朝她面前一放。

那是革新版的古籍，中国的"太平广记"，近年重排的，喜久郎指着一则短短的笔记让她看。

那一段文字选自"神仙传"，说到宋末元初之际，汴梁出一神人，民间呼之马神仙，马神仙不知何方人氏，却有未卜先知的能力，凡预测大事及帝王兴替，百占百验。时人曰马神仙为半狂之人，因为他随身始终有着一台形状奇特，时有怪响的独轮车辆，且口口声声说他是天上来的人。

衣而芙德看到这里，泪水盈满眼眶。这几年，喜久郎改攻中国史，就像立志要完成马可龙未竟的志愿一样。看着这则久远的记事，证实他们的朋友永远不会回来了，衣而芙德的眼泪，终于滚落下来。